短歌で読む
ベンヤミン

山口拓夢

田畑書店

短歌で読むベンヤミン—目次

第三章　ベンヤミンの芸術文化論

はじめに

　ベンヤミン、という名前を聞いて、どんな人物かピンと来る読書家は、近年、少ないと思います。彼の著作は、一九七〇年代後半ごろには、読書人の熱狂的な支持を得ていました。それは、主に左派文化人の良心として、読書人の心の琴線に触れていたからです。

　時代は変わり、共産主義国家が事実上終わり、左派文化人への読書人の関心が薄れたことで、ベンヤミンの名は急速に忘れられてゆきました。

　辛うじて、哲学方面にくわしい人なら、『複製技術時代の芸術』のアウラ（作品の後光）という用語や、パサージュ（遊歩街）という切り口を、ベンヤミンの名前から連想する、という具合です。

　けれども、ベンヤミンの幅広く、奥行きのある文章は、現代社会とその先を、確実に予見するものでした。

　ベンヤミンは、過去の左派文化人の良心として読まれるとともに、二十世紀最大の文化哲学の巨人、文化批評の巨人として、現代に読み継がれるべき人物と言えます。

まず、現代芸術の読みの確かさ、いわゆるアヴァンギャルドの意義を知らしめた点で、特筆に値します。それから、映画や写真などの現代メディアの洞察を早い時期に行ったこと、こうした文化学的な意味で、今、その価値は大いに増しています。

そして、現在、人新世の立場から見て、彼が消費社会の本質と資本主義の限界を探求したことは、左派文化人という枠を越えて、ヒトの行く末を考える確かな指針となります。

さらに独裁者による戦争の脅威が現実のものとなっている現代社会で、かつて全体主義やファシズムと闘い、あり得たはずの人類の楽園郷を、群衆や個人が復元する可能性に生涯をかけた、ベンヤミンの生き方は、私たちを惹きつけて離さないものと言えます。

本書は、そのベンヤミンの思索の歩みを、基本的に、年代を追って説明して行きます。

要点を短歌でまとめて、難しい内容もスッと頭に入って来るように心がけました。

ヴァルター・ベンヤミンは一八九二年、裕福なベルリンのユダヤ人の家に生まれました。やがてギムナジウムに入り、私学校「田園教育舎」に転入して、ドイツ青年運動に関わります。一九一二年、フライブルク大学に入学、哲学を専攻し、学問的なエッセイを多く発表し始めます。ことば論やロマン派考で学問的キャリアを形成してゆきます。ゲーテ文学の批評を書く傍ら、政治に関心を示し、一九二五年に、大著『ドイツ悲劇の根源』を教授資格論文として書き上げます。一九二七年から、断続的に、ライフワークの『パサージュ論』を書き続けます。ナチス・ドイツを嫌って、一九三三年からパリを拠点に執筆活動を繰り広げます。一九四〇年に、パリに侵攻したナチス・ドイツから逃れて、ピレネー山脈を越えて、スペイン経由でパリからアメリカに亡命を試みますが、スペイン国境でスペイン警察に勾留され、亡命を断念してモルヒネの大量服用により、世を去りました。

本書の第一章、ベンヤミンの揺籃期では、彼自身の幼年期の回想から紹介を始め、彼の著作集から主に年代順に彼の考えを伝えます。「言語一般および人間の言語」と「言語社会学の問題」、「模倣の能力について」では、ベンヤミンのことば考・身振り考を見て行きます。

そして、青年期に書いたドイツロマン主義考を取り上げ、作品の理念を引き出す批評家の役わりを検討します。

第二章、ベンヤミンの代表作では、ゲーテ作品の上辺の意味を越えた、作品による「救い」に迫る、「親和力」の批評に続き、ベンヤミンのキーワードである、作品の引用を「星座配置」するという発想や、作品の真意を遠回しにいびつな形で伝える「寓意＝アレゴリー」の発想を含む、大作『ドイツ悲劇の根源』を読みときます。

さらには、批評家による作品の救済を、群衆による歴史の救済へと読み替えた、『暴力批判論』へと移ります。ベンヤミンによれば、公権力による不当な暴力と、群衆によるデモやストライキという正当な暴力があり、群衆の抵抗は歴史の転回点を作るきっかけとなり得ます。ネグリの「帝国（目に見えない権力の網目）」と「マルチチュード（目に見えない抵抗勢力の網目）」の衝突を思わせる、政治抵抗論となっています。

第三章の、ベンヤミンの芸術文化論は、彼の本でもっとも有名な『複製技術時代の芸術』という、複製技術が発達した写真や映画などの現代メディアを考える論考で始まります。これは、この分野の古典中の古典となっていて、情報の複製が全盛の現代において、欠くことのできないメディア論です。ここには、政治性を持つ芸術の時代の到来への驚きがあり、その切り口からも基本書となっています。

続いて、写真の歴史やシュルレアリスム芸術考が展開され、現代芸術の可能性が吟味されます。そしてベンヤミンの最愛の文学者、マルセル・プルーストの記憶と忘却の錯綜した作品世界への傾倒と共感が語られ、失われた至福の時代を復元する、という、ベンヤミンの根本的なテーマが浮き彫りにされます。

第四章は、『パサージュ論』というベンヤミンの未完のライフワークの読みときに費やされます。パサージュというのは、十九世紀パリに登場した、屋根付きアーケイドないし商店街・遊歩街を指しています。ベンヤミンは、この遊歩街に、生まれつつあった消費社会の夢の原郷を見出します。ここを歩く、散歩者つまり遊歩者は、気ままに目に入る商品のイメージとたわむれ、好き勝手に幸せな生活を夢みています。街灯、通行人、商品、ガラス建築。目に入るものすべてが、群衆の集団的無意識の断片として、気を惹くと言えます。

ここにベンヤミンは有り得たはずの、もう一つの資本主義のユートピアの可能性を探ります。このユートピアの住人は、引きこもりの収集家でもあります。ベンヤミン自身が、異国の土産や珍しい絵葉書きや切手の収集家でありました。収集家は、収集品を並べてゆくことで、失われた幸福な過去を取り戻そうとします。そのため、収集は遊歩者にとって、そして何よりベンヤミンにとって、「失われた時を求めて」モザイクを作る、特別な楽しみとなるのです。

それからベンヤミンは、遊歩者と夢を共有した、あり得たはずの楽園の幻視者として、フーリエやサン＝シモンのような空想社会主義者を好意的に評価します。そしてマルクスの言う「商品の物神化」の説で、消費社会の構造を引き出します。さらに文豪たちの社会変革者としての自負を描き出し、閑な時間に集団的な無意識と気ままにたわむれる遊歩者たちの生き方と、全体主義に動員されて自由を見失った、同時代の青年の生き方を対比して、遊歩者に軍配を上げています。

このように、通して読むと『パサージュ論』の意図と、ファシズムに抗して夢を編む、ベンヤミンの戦略が見えてきます。

最後に、遺作となった「歴史哲学テーゼ」という、記憶の瓦礫の断片から、歴史の夢見たものを救済するための論考を紹介して、本書は幕を閉じます。

本書が、新しい時代の文化哲学のさきがけとしてベンヤミンを再発見する契機となることを願いつつ、彼の夢見たものを短歌で復元することで、読者に、戦争の世紀に抗して生きる、文学的な詩情を共有して頂けたら幸いです。

第一章　ベンヤミンの揺籃期

『ベルリンの幼年時代』

◎一九〇〇年前後のベルリンにおける幼年時代

二十世紀屈指の文化哲学者ないしは文化批評家のヴァルター・ベンヤミンは、一八九二年にドイツのベルリンで生まれました。彼の父は資産家で、古美術競売所の経営者でした。ベンヤミンは、晩年になって、幸福だった古き良きベルリンの幼年時代の回想記を書きました。

それは、ベンヤミンにとっての『失われた時を求めて』と言えるような、幼い記憶の数珠の輪のような作品でした。

私たちは、ベンヤミンの原風景と人となりを知るために、本書の冒頭でこのベンヤミンの回想に耳を傾けてゆくことにします。

一切の母なるものの故郷へ蔽《おお》いを越えて深く分け入る

ベンヤミンの家の近くに草深い、わくわくするようなティーアガルデンの公園があ

『1900年頃のベルリンの幼年時代』最終稿（SUHRKAMP、二〇〇七年）

りました。町歩きを知る以前に、ベンヤミンはこの公園を探検することを最初の悦びとしていました。公園の橋のたもとの近くに、めざす王と王妃の彫像が立っていました。この君主たちを支える台座からは、神話の女王アリアドネを思わせる泉が湧き出ていました。

そこにたどり着くためには多くの障蔽《しょうへい》が用意されていました。金魚池の魚や、稀にしかない茂みや、王子の像の足元に近づくには並みならぬ壁が張り巡らされていました。幼少のベンヤミンにとって、この公園は飽きさせることを知らない迷宮だったのです。

後年、ベルリンのある農夫が、この公園の狭い坂道を案内してくれました。

その坂は「いっさいの存在の母たちのもとへとは言えないとしても、この公園の母たちのもとへ下降する道」であるのは確かでした。その先には館の細い階段や、舗道を照らすガス灯や支柱のある玄関口や、ガラス窓のあるかつてのぞき見していた秘密の階段室がひしめいていました。

彫像が立ち並ぶ、ベルリンの古い西区は、古代の町の佇まいに見えました。幼年時代の三十年後にベンヤミンは、この都市の幻惑の実感をもう一度確かめていました。「一切の存在の母たち」へ通じる幸福な故郷へ繰り返し立ち帰ること。このことをベンヤミンは常に切望していたのです。

◎アリアドネ
ギリシア神話に登場するクレータ王ミーノースと妃パーシパエーの間の娘。セーセウスがクレータ島の迷宮より脱出する手助けをしたことで知られる。

ジョン・ヴァンダーソン『ナクソス島に眠るアリアドネ』

座席から回る景色を見る部屋は時代遅れの夢の溜まり場

ベルリンにはまた、皇帝パノラマ館と呼ばれる娯楽施設がありました。座席の前の細密風景画のスクリーンが回転してゆくので、どの場面も窓の外を通過することになり、各自が遠い景色を一通り眺めることができるようになっていました。回る画面から都会の窓や遠景の先住民や汽車の停車場やぶどうの山の葉に、名残惜しいような切なさを感じることができました。十九世紀のパリのパノラマ館に端を発した近景と遠景の走馬灯は、かつては新しもの好きの紳士や芸術家でにぎわいましたが、ベンヤミンの幼少時には、子どもたちが地球と仲良くなれる夢の場所として、細々と残っていたのでした。そこで感じる旅への憧れの念は、かつていたはずの場所への郷愁と言えるものでした。ときどき照明が落ちる不具合もありましたが、それさえなぜか趣きが感じられました。この回想には、彼がのちにパリの遊歩道＝パサージュに取りつかれたのを思わせる、失われつつある時代の夢幻灯のような空間への愛着が窺えます。

赤茶けた歴史を語る場違いな凱旋塔が幼少に誘う

デンマーク、オーストリア、フランスとの戦争の勝利を記念して建てられた凱旋記念塔には、兵を率いた歴代君主の大理石像が立っていて、その脇に家臣像があり、ベンヤミンは記念塔の階段を昇って、自分の将来の権勢はどれほどのものか、現在の自分の父親の地位はいかほどのものかと思いを巡らせました。

英雄の戦功が描かれている回廊の壁画は、地獄絵としか思えないものでした。上部にある勝利の女神像の輝きと、まさしく明暗を成していました。遠くから凱旋記念塔の広場を歩く人々を見ているとまるで人形のようであり、その箱庭のような眺めは、ベンヤミンの眼を楽しませました。狐色に焼けた凱旋記念塔は、ベンヤミンの「幼き日々の冬の砂糖」のような粉雪の思い出をまぶされて、懐かしい郷愁を絶えず呼び覚ましました。

手が届く範囲で遊ぶ巣ごもりの斜面机のささやかな宇宙

医師の判断により、少年ベンヤミンは近視だとわかりました。医師は眼鏡だけでなく、斜面机をしつらえるように手配してくれました。この机はよく考えた作りで、腰掛けの部分は移動できるので、斜めに傾いて字を書くのに便利な机面に向かって、近づいたり離れたりできる物でした。背もたれには水平の横木があって、背中をしっかりと安定させました。

窓辺に置いたこの斜面机は、間もなくベンヤミンの偏愛の場所となりました。椅子の下の戸棚には、学校で使う本だけでなく、切手の収集帳や絵はがき収集帳の三冊も入っていました。机の脇の掛けかぎには弁当箱のほかに学校カバンや演習用の武具も下がっていました。

学校から帰って真っ先にしたのは、この机との再会を祝うことでした。その机でベンヤミンは、写し絵をしたり、絵の切り抜きをしたり、古いノートの落書きに目を通し、テストの採点を眺めて楽しみました。また、教科書に表紙をつけ、ノートに吸い取り紙を貼って過ごしました。

この斜面机は学校の机と似ていましたが、少年ベンヤミンがひっそりと落ち着ける親密な場所でした。そこで彼は書見台を抱える写経修道僧と同じく、殻のなかに閉じこもる感覚を味わいました。そこで大人びた小説を読み、未踏の地を踏む興奮を味わいました。その場所を彩る文房具が無用になる時期まで、これほど彼を慰める場所はありませんでした。

◎写経修道僧
印刷術が登場する以前の本造りを担った。

中庭の聖夜に見える街の灯はともる窓あり暗い窓あり

もみの木が街のあちこちに飾られ始めると、街全体が、たくさんの個所に印を押して密封した、ひとつの大きなクリスマスの小包のように思えました。しばらくするとそれは破れて、なかから玩具や胡桃やわらやツリーの飾りが飛び出します。それがクリスマスの市でした。

それでも、その明るい賑わいといっしょに、街の隅の貧困が姿を現わします。クリスマスのご馳走にまぶされた金箔のように、貧しい人々も銀帯や色つきのロウソクを持って、高級住宅街に施しを求めて集まりました。お金持ちは子どもを使って恵まれない子からぬいぐるみの子羊を買い取らせたり、施しを与えたりしました。

どんなものより素晴らしいのは、もみの木の枝々に間近い祝祭がはっきりと結実してゆくようすでありました。あちこちの中庭では、手回しオルガン奏者がやってきて、差し迫った時間を聖歌の響きで引き延ばしていました。

最も幼い記憶では幼少のベンヤミンは聖夜の六時に灯りを点さず部屋に居ました。

今ようやくロウソクの灯が見え始めた中庭の向こうの暗い窓々から、目をそらせませんでした。それは、それぞれのクリスマスツリーが、裏屋住まいのわびしい窓に映る星座であろうとする、もっとも秘めやかな瞬間でした。けれども灯りも点らない貧しい窓が数知れずあるのを見ると、聖夜の窓が、孤独と老齢と窮乏《きゅうぼう》を宿していることに思い至ります。彼はやがて来る祝祭の賑わいの前に、一人でつぶやきました。

――年ごとにふたたび、御子キリストは来たもう。われら人の住むこの地のうえに。

このことばが消えると、そのことばで姿を整えはじめていた天使も、もはや消え失せていました。

中庭に面する歩廊の安らぎは女神が歌う夢のゆりかご

ベンヤミンは幼年時代の意味を、こうまとめています。赤子に目を覚まさせないで乳を与える母親のように、人生は長い間、幼年時代の今も優しい思い出を育んでいる、と。幼年期の思い出は、無意識のうちに養分を与えられ、後から記憶を補強され、大人の心の支えとなっています。

彼の場合、多様な中庭を眺めることほど、その思い出を想起させるものはないと言います。そうした中庭に面する歩廊のひとつは、夏には日よけとなり、ベルリンという街が、生まれて間もない彼を招き入れたときに寝かせてくれた、揺りかごとなりました。

上の階の歩廊の支柱になっている女神像は、時折自分の持ち場を離れて、この揺りかごのそばで子守歌をうたってくれているようでした。この感覚は、彼がどこの中庭に居ても幼少の頃の陶酔を呼び覚ますことになりました。

ベンヤミンの思考を占めているイメージや意味の断片は、この歩廊の空気に満たされていると彼は語っています。何より、歩廊が居住性を持たないことが、定住できない大人に慰めを与えてくれます。ベルリンっ子の歩廊は、いつのまにか自らの霊廟としての意味を帯びてしまいました。ベルリンの街の黄昏をこの表現は暗示しています。

◎「ベルリン年代記」

ベルリンの幼年期から青春の記憶を読める地図が描けたら

ベンヤミンは、「ベルリン年代記」のなかで、自分がベルリンで経験した細部まで一望できるような、思い出の地図ないし記憶の復元図を作成したいという願いを語っています。この年代記で語られていることのいくつかは、「一九〇〇年前後のベルリンにおける幼年時代」の回想と内容が重複しています。そこで記述のいくつかは大幅に省いて、年代記の内容を紹介します。

ベンヤミンは珍しく、自分の文体について語っています。自分が同じ世代のたいていの作家よりもいいドイツ語が書けるとしたら、それは大いに、二十年間にわたってたったひとつの規則を守ってきたおかげだと言います。その規則とは、手紙の場合以外は、「わたし」ということばを使わないことでした。ともかくこのことは、この年代記に深い関わりを持つ、奇妙な結果をもたらしました。

つまり、ある日のこと、このベルリンについて特筆すべきことがあれば、どんなことでもそれについての説明を慣習にとらわれない自分らしい書き方で、続きものとしてある雑誌に書いてくれるようにという申し出を受けたとき、何年も背景に引っ込んでいる習わしだった彼特有の引っ込み思案は、容易には表舞台に現れてはくれないということがいっぺんにわかりました。

けれども、この自分らしい引っ込み思案は、抵抗をするというわけではなくて、むしろ策略に訴えました。しかも、それが大いに成功したので、彼は年が経つにつれてベルリンがどう変わったのかの回想を、話題の説明にうってつけの「まえがき」として書くようにしました。

回想は過去の記憶に果てしなく書き込みをする幾重もの襞《ひだ》

思い出によるまえがきが、話題の説明の枠を大きく超えて深みを帯びるのは、思い出とは過去に果てしなく書き込みを加えてゆく能力なので、幾重のひだを持った秘密に満ちた作品となるためでもあり、「自伝」とは違って、自分だけの記憶が「わたし」によって売り渡されることなく、その代理品を読者に提供するからでもあります。

けれどもベルリンには、個人的な思い入れと深い結びつきを持った場所があり、その結びつきは他のどこと比べても強いものでした。ここで言っている地域とは、ティーアガルテン区のことを指します。そこの建物の一角に「宿《ハイム》」がありました。そこは彼が学生のエルンスト・ヨーエルと共同して借りた小さな住居でした。なぜヨーエルと宿を借りるに至ったのかは思い出せませんが、いろいろな紆余曲折があったはずだと彼は言います。

というのも、ヨーエルが指導していた「社会活動」のための学生グループは、ベンヤミンが参加していた「青年運動」の宿敵と目されていました。宿を借りるために、ヨーエルの社会活動家の肩書が必要であり、ベンヤミンは出資する代わりに宿の半分を青年運動の「談話室」として使う権利を得ました。

この「談話室」で彼は詩人のフリッツ・ハインレと出会い、語り明かしました。この青年期の「談話室」の思い出や、深夜のカフェー、空中独楽《こま》の曲芸、宿題をした斜面机、汽車の停車場や古い城跡……。そうした回想の断片が尽きることなくベンヤミンの脳裏を横切っていました。

『言語と社会』

◎「言語一般および人間の言語」

暗黙の事物の声を引き出して名づけることが人の役わり

ベンヤミンは、若い頃から独特のことば観を持っていました。それは彼の出自であるユダヤ的伝統に基づき、旧約聖書を手本にしてことばの本来の意味を考えることで見出されたことば観でした。彼によれば、全てのものには暗黙の言語があります（＝言語一般）。木も森も、動物も、石も、人の作ったものも、すべて暗黙の言語を発しているのです。事物は、暗黙の言語で何を訴えているのでしょうか。それは、自らのこの世における存在理由とでも呼ぶべきものです。事物には与えられた居場所があり、物と物のあいだには目に見えない秩序があります。その繋がりのなかで、事物は自分の存在理由を、こう言ってよければ真理内容を暗黙のことばで歌っているのです。

人は、この事物の暗黙のことばを、それに名前を付けることで、引き出すことをさだめとしています。こうして人間と事物のあいだには、ひそやかな絆が生まれます。

『ヴァルター・ベンヤミン著作集《3》言語と社会』（晶文社、一九八一年）

人は事物を名づけることで、事物に息吹を与えます。ここで言われている息吹とは、事物のかけがえのない、脈動する神秘的な存在感、すなわちアウラ（風格）と言っても構いません。人間の言語の本来の意味は、人間が事物に命名することを指しています。もし、ランプや山々やきつねが暗黙のことばで自分を訴えてこないとすれば、人はどうやってそれらを名づけたらいいのでしょうか。けれども、人は事物を命名します。それでは人間は誰にその名を伝えようとしているのでしょうか。ベンヤミンによれば、呼び名のなかで人は、自分の理解を神に告げ知らせているのです。

神の持つ名づけのわざを引き継いだ人のことばも楽園を去る

「創世記」で、神はことばで名づけることで万物を創ったと言われています。そのため、事物には暗黙の言語がもともと宿っているのです。神の創造の業は、名づけの力で行われます。神は自分に似せて人間を創ったとされています。この本質的な意味は、神は名づけによる創造の力を、人間に委ねたということです。

そこで人は、事物に宿る神のことばを聞き取り、事物に名を与え、息吹を吹き込むことが許されています。その意味で、神が事物に与えた暗黙のことばと、それを引き出す人間が事物を名づけることばは、純粋言語、ないしは楽園のことばだと言えます。

これに対して、人間が事物の暗黙のことばに追いつけなくなり、適切に名づけることができなくなったとき、ことばはエデンの園を追われて、失楽園のことばとなります。

バベルの塔の逸話に示されるとおり、純粋言語が失われ、ことばは多くの種類の言語に枝分かれして、お互いに通じなくなり、もはや神の名づけを引き継ぐものではなくなり、ただ記号として意味を伝えるだけの、堕ちた言語となります。芸術のすべての努力は、失楽園の言語から、かつてのエデンの園の名づけのことば、純粋言語を復元することに向けられています。

◎「言語社会学の問題」

その後半生に、ベンヤミンは「言語社会学の問題」という文章を書いています。その問題意識は、ことばがどのようにして発生したのかということにあります。当時の人類学や言語学者らのすぐれた研究を採用しつつ独自の論を展開しました。

初めての物に出会うと人間は声の描写でまねて覚える

この点でフランスの人類学者レヴィ＝ブリュルは重要な指摘をしています。原古社会の人々がことばを発するのは、意味される対象の素描と模写を通してだとレヴィ＝ブリュルは述べています。

エーヴェ族の言語は、ひとつの印象を音を通じて直接再現するための、極めて多様な手段を用いています。この豊富さは、聞こえるものすべてを模倣しようとする抑えがたい彼らの性癖に由来しています。目に見えるもののすべて、そして知覚されるす

◎リュシアン・レヴィ＝ブリュル（一八五七―一九三九年）著書に『未開社会の思惟』（岩波書店、一九五三年）などがある。

べてのものも模倣しようとするが、特に対象の動きを彼らは真似します。この声による模倣ないし再生という仕方は、音、色、味、交流した印象にも及びます。これは擬声語を作るというより、声で対象を模写するということです。

つまり原古社会の人々は、見知らぬ物事と出会ったときに、まず声を使って相手を真似てみる、とレヴィ＝ブリュルは主張しているのです。

レヴィ＝ブリュルの学説は、広く影響力を及ぼしました。

人間は手振りによって対象をなぞって自己の血肉とする

またレヴィ＝ブリュルによれば、手の言語はわれわれが行き当たる最古の言語です。人は手振りによって対象の特徴を真似ようとするというのです。ソビエトの言語学者マルによれば、分節化された音の言語をマスターしていなかった原古社会の人々は、対象を指示したとき、現物を見せたときに喜びました。手、あるいは二本の手は、人間の舌だったのです。手の運動、表情の動き、そして場合によっては肉体の動き全体が、記号言語の前に広がっていたのです。

真似てからことばを作る人々は社会言語を知る鍵となる

マルによれば、従来の言語学は、原古社会のことばに秘められている、社会学的問題への探求を怠ってきました。現代の社会言語学者ルドルフ・メーリンガーの学派は、

◎ニコライ・マル
（一八六五―一九三四年）
ロシア出身のグルジア人言語学者・民族学者。

研究誌『語と事』のなかで、土地耕作やパン製造、紡績や織物、牛馬や牧畜についての言語学的研究を展開しています。

幼な子はまず物まねをすることで相手をとらえ声で追いつく

ことばの起源を求める問いかけには、幼児のことばの獲得が大きなヒントになります。二十世紀フランスの心理学者、アンリ・ドラクロアによれば、幼児はことばの環境のなかに生き、いつでも他人が喋っているのを耳にしていることで、話すのを学びます。言語習得は、絶えざることばの刺激を前提としています。そして、幼児は敏感に刺激に応えます。自分に話しかけていることばだけでなく、他人同士の話も学習しています。人間の耳とは、知的で社会的な感覚を持っています。耳の社会的役わりは、ことばのつながりに向けられています。

幼児の言語への洞察は、スイスの発達心理学者ピアジェの研究でより深まりました。幼児言語の本人のための発達過程では、スムーズに進行している行動が中断されるとき、初めて思考が活動し始めます。そして近年の研究ではことばは、いろいろな感覚器官でことば世界をとらえます。ここで第一に基本と考えられるのは、仕草であって声ではありません。ことばの習得は物まねや仕草に基づいています。すべての特有の身振りに、呼応する音声がしだいに加わるのです。けれども労力の観点から、声による物まねが次第に優勢となるのです。

◎ジャン・ピアジェ
（一八九六―一九八〇年）
著書に『児童の自己中心性』（同文書院、一九五四年）などがある。

ことばとは身振り手振りの物まねにその始まりを求められ得る

ここに至って、プラトン以来、繰り返し論じられてきた模倣理論がことばの本性として浮上します。ことばとは、身振り手振りに発する模倣による、ものの写し取りの延長にあるのです。芸術においても、踊り手は、一人のひとであることを越えて、対象を体で写し取り、表現しています。ことばは単なる道具ではなく、心の奥にあるイメージの表出であり、物事を納得し、他人と共有するために始まった、対象の描写を起源としています。

「言語一般および人間の言語」では、人間は事物の声なき声を聞き取り、それに名づけをおこなう役わりを持っているとされましたが、事物を名づけるのに先立って対象の特徴をとらえるために、まず身振り、手振りによる対象の模倣が必要となります。すなわち、ことばの起源は模倣であることを論じるためにこの「言語社会学の問題」は書かれています。

◎「模倣の能力について」

ベンヤミンは同時期にさらにスケールの大きな、深遠な人間の模倣の力についての論考も書いています。ここでは、人間の創造的な、宇宙へつながるための根本の能力として、この模倣の力を描き出しています。

模倣とはよく似たものをつかまえて交流をする宇宙の本能

そもそも自然は数知れぬ類似を作り出します。それは、動物の擬態のことを考えてみるだけで十分です。けれども、類似を生み出す最高の能力を持っているのは、人間です。類似を知るという人間の持つ能力は、周囲と似たものになろうとし、また似た態度を取ろうとする、むかし強制された逆らえない力の痕跡に他ならないと言えます。人間は模倣の能力によって制約されなければ、意外な力を発揮できる、より高次の機能もあるのかもしれません。

◎擬態
敵や餌になる生物からの発見を避けるため、形態、色、行動などを他の生物に似せること。昆虫のナナフシなどの特性として知られる。

人類の模倣のわざは幼児期の遊びのなかに保持されている

とはいえ、この模倣の能力にはひとつの歴史があります。それも人間の進化に由来するものと、個人の発達にかかわるものがあります。個人の発達に関して言えば、子どもの遊びにはふんだんに模倣の要素が織り込まれていて、その範囲は他人の物まねに限りません。子どもはお店屋さんや先生の真似をするだけでなく、風車や汽車の真似もするのです。模倣の能力をこうやって伸ばしていくことは、人間にどのような利益をもたらすのでしょうか。

この問いに答える前に人類規模の模倣の意味を考える必要があります。その場合、ふつう人が類似ということばでとらえているものを考えるだけでは十分とは言えません。類似は自然の宇宙規模の作用でありました。

自然では似ているものが接近し人も真似して対象を知る

いわば、宇宙の至るところで類似の法則が支配していました。自然が行う類感作用が重要なのは、それが人を刺激して模倣による交信作用を行わせるからです。考えに入れておくべきなのは、模倣する力も、模倣される対象も、数千年の時のなかで、変わらずにあるわけではないということです。むしろ類似を拠り所に所作を作り出す舞踊のような、類似を招き入れる才能も、類似を見てわかる能力も、歴史の流れの中で変化していったと考えられます。

この変化の方向性は、模倣能力の衰退が進んでゆくことで決められているように思えます。というのも近代人のわかる世界は、原古の民族によく知られていた魔法のような模倣による他者との交信や連想能力から、わずかなものしか受け継いでいないからです。その場合、問題となるのは、この能力が衰退したのか、変形されたのかという点です。

人間は星占いで天空と人の定めの関係を知る

この問いについては星占いからいくつかのことを窺い知ることができます。

まず知っておかなくてはいけないのは、過去にあっては天空にあるものもまた、真似できるもののひとつに数えられていたということです。舞踊や祭りの儀式で天空の星座を真似し、宇宙と交感することが行われました。そうした能力が古代を支配していたとすれば、新生児こそが、この物まねの力を完璧に持つ者、宇宙のはたらきと人をぴったりと結びつける者だと考えられていたと思われます。

星占いの世界では、宇宙と平行する類似というものがあるとされます。現代人がそれを知る手がかりとなるのは、ほかならぬ、ことばであります。

人間の模倣のわざは最後には話しことばや文字に行き着く

以前から、模倣はことばの発達にいくらか作用すると認められてきました。とはいえ、模倣能力の歴史までが書かれたことはありませんでした。すべてのことば、言語全体は擬声語であるという人々は以前から居ました。同一物を意味するいくつかの単語を並べてみると、お互いは似ていないけれど、それぞれが意味する対象とはどこか似ていると示されるかもしれません。この事実は、話しことばだけでなく、書きことばと事物の類似にも当てはまります。

筆跡学は、書き手の無意識に隠されているイメージを筆跡から知る方法を教えてくれます。このように無意識に書いている者の、模倣行為のプロセスこそ、遠い時代に文字の成立にかかわった力であり、文字は話しことばと並んで、対象と平行する交信の貯蔵庫となったのです。同様に、素早く対象を写し取ることが、ことばにおける記号論と模倣行為の接点となることも考えられます。

書かれる前に読むのが、最古の読み方です。それは内臓占いから、星座から、ある

◎内蔵占い
エトルリアから共和政ローマへと伝わった、動物の内蔵を使って神々の表した何らかの兆しを読み取ろうとした占い。

いは踊りから意味を読み取ることです。歴史が経って、ルーン文字や象形文字（漢字）を媒介にして、文字に隠された意味を読み取る伝統が培われました。このように言語は、模倣行為の最高段階であり、類似のしるしの貯蔵庫だと言えます。ことばは類似への共感の乗り物であり、模倣能力は最終的にことばに流れ込み、この魔的な力の住処となったのです。

『ドイツ・ロマン主義』

◎「ドイツ・ロマン主義における芸術批評の概念」

この作品はベンヤミンがベルン大学へ提出した、博士論文です。この論文では、フリードリッヒ・シュレーゲルという人物の理論をもとに、作品の反省によってその核心を取り出すという批評の役わりが述べられています。シュレーゲルらの言うドイツ・ロマン主義とは、「永遠の若さを内蔵する芸術」だと、ベンヤミンは考えていました。

自らを螺旋のように繰り返し反省すると真実に至る

ここでは、なるべくかみ砕いてその内容を追ってゆくことにします。

まず、ロマン主義の批評理論として、フリードリッヒ・シュレーゲルの考え方が紹介されます。ロマン主義作家のすべてが、彼の意見に賛成していたわけではありませんが、芸術批評の核心についての彼の見方は、この派の人たちの合いことばと言える

『ドイツ・ロマン主義における芸術批評の概念』（浅井健二郎訳／ちくま学芸文庫、二〇〇一年）

◎フリードリッヒ・シュレーゲル（一七七二―一八二九年）ドイツの文学史家、批評家。〈古典〉に対する〈ロマン的〉の概念を明確化。近代芸術観として基礎づけた。

ものです。

フリードリッヒ・シュレーゲルやロマン派詩人ノヴァーリスにおいて、作品に対する洞察は、何よりも反省というかたちで問題となります。

シュレーゲルは「思考は自分自身を考えることを好む」と言っています。自分自身への省察には、終わりというものがありません。反省は、初期ロマン派の代表的な考察の型でした。反省とは、初期ロマン派の詩人たちが自らの洞察を、確信をもって言い表している思考の型です。

反省の実践による黙考で世の隠れなき内実に触れる

ある断章のなかでノヴァーリスは、この世の有り様自体を、精神の内向きの反省としてとらえ、この世で暮らす人間の決断を、根源的反省の部分的な総決算ないし突破として見ています。哲学者フィヒテの初期の知識についての考え方は、ロマン派の理念と一致していました。フィヒテによれば、彼の考える知識学に必要なのは、反省という行為です。

ロマン派がその認識論を反省というもののうえに根拠づけたのは、反省が単に直に知ることを保証しただけでなく、反省の繰り返しが世界の関連性へいたる無限な可能性を保証したからでした。ロマン派にとって、反省の無限性のなかで、あらゆるものが、無限に多様な仕方で、関連していると考えられていました。反省のなかの思考の繰り返しにより、ロマン主義者たちは世界の内実のなかに入り込みます。自分を囲う

◎ノヴァーリス
（一七七二―一八〇一年）
ドイツ・ロマン主義の詩人・小説家・思想家・鉱山技師。主著『青い花』。

自我というものから自由な反省で、芸術という世界の内実（＝絶対者）を直に知ることになります。こうした反省の考察が、ロマン主義の芸術観を支えていました。

芸術に深く寄り添う反省は創造的で充たされたわざ

芸術とは、反省材料のひとつの型です。おそらく、これまで反省材料が受け入れた最も実り豊かな型であります。芸術の批評とは、この反省によって対象に迫ることです。芸術を反省材料とすることは、芸術の理念と芸術の産物を知るために何をもたらすのでしょうか。

シュレーゲルは言っています。「何かを生み出し自然と世界に属している創造力に、形式上たいへんよく似た思考様式があります。つまり、それは詩作であって、これはある程度、その素材自体を作り出すのです。」

これは、彼が以前に芸術として考えていた反省が、絶対的に創造的なものであり、内容的に満たされたものだという彼の古い立場をよく言い表しています。彼は初期の断章で、ロマン的ポエジーは詩人と彼の対象のあいだにあって、無数に並べられた鏡のなかで、この反省を幾倍にもすると記しています。すなわち、反省が無から発して来るところの、反省の原点が詩的感情だということです。

ノヴァーリスもまた、多くの言い回しで芸術の基盤が反省材料であることを理解させようとしました。彼は、芸術とはいわば自己を観察し、自己を模倣し、自己を作り出すと言っています。彼の意見は、芸術という反省材料の完全性と統一が、不可欠なものであるということです。また、反省は芸術においても根源的なものであり、建設的なものであるとも言っています。

批評家が強く促す反省が底に眠った理念を引き出す

すなわち芸術の批評は、作品を観察し、作品の理念を復元します。思想であると同時に観察でもあるものが、批評の胚芽だとノヴァーリスが言うとき、批評と観察の近しい間柄を述べています。

批評とは、芸術作品における実験であり、この実験を通じて芸術作品の反省が引き起こされ、芸術作品は自己を意識し、深く知るようになります。反省の主体は、芸術作品それ自体であってその反省は、作者や読者の精神のうちに、作品のうちで成立するのです。

作品は自己反省を促されその本質の復元に至る

ある作品を批評の眼で知ることとは、その作品のなかでの反省であってその作品の高次な発展した意識段階に他なりません。真の読者すなわち批評家は、拡大された作者でなくてはなりません。ノヴァーリスも言うごとく、もし読者が作品の理念にしたがって書物に手を加えれば、第二の読者は、さらに作品の純化を進めるでしょう。

批評家の実験によって、作品は自己反省を引き起こされ、作品は眠っていた理念、そのいびつな表現の背後にある、作品の本質を復元し、作者の葛藤を解消します。個々の作品は、芸術の材料のなかで解消されるべきですが、このプロセスが提示されうるのは、多数の批評家によってであり、彼らが反省の推進者であるときです。こうして反省は、作品の中心的な、普遍的な要素をとらえ、それらを芸術のなかに差し戻します。そして批評がなすべきことは、作品それ自体の秘められた構想を明るみに出し、その隠された真意を遂行することに他なりません。ロマン派の人たちにとって、批評は作品の判定というよりは、作品を完成する方法なのだということは明らかです。ノヴァーリスにとって、この批評の役わりは、翻訳の仕事と共通するものでした。彼は、批評と翻訳とを接近させながら、作品をある言語から他の言語へと媒介するたえざる橋渡しのことを考えていました。ノヴァーリスも同調する、フリードリッヒ・シュレーゲルの批評の立場は、作品自体の持つ確かな内在構造を反省によって浮かび上がらせることで、批評の自由を確保したのでした。作品に眠っていた理念と構想は、批評の反省によって目覚め、復元され、完成されるというのです。

自らに横槍を入れるイロニーは揺さぶりをかけ秘密を暴く

ここでロマン主義の方法としてのイロニー（作品への横槍）について、批評理論との関連で触れておかなければいけません。詩人の気《き》紛《まぐ》れが活動の余地を持つのは作品の素材のなかだけであって、それが意識的かつ遊戯的にはたらく限り、イロニーとなります。単に作品の素材を攻撃するだけでなく、詩の形式の統一性も無視するようなイロニーもあります。それは、アリストファネスの喜劇における幻想破壊に通じるものがあります。けれども、ロマン主義の詩人たちはイロニーの手法を使いながらも、作品の質は損なわれないと信じて疑いませんでした。イロニーとは、作品と理念の関係を作品自体のなかで示そうとする試みです。反省がイロニーの根底となっていて、多様なイロニーで作品の本質を露呈させようとします。

もはや、作品の核心となる理念そのものが、直に表現できないという状況のなかで、それでも芸術として何とか理念を表現するために、ねじれた、いびつな形を取って示されるのが、イロニーという手法であります。

批評家は詩の本質を抽出し散文として結晶化する

初期ロマン派は小説を詩的反省の最高形式として位置づけただけでなく、芸術理念の根本構想を散文のかたちで浮かび上がらせました。ポエジーの理念を散文として復元すること。それがベンヤミンの言うロマン主義の批評の役わりであり、そのため、小説は、作品の理念を救い出し、抽出して復元する批評行為に最も近い、理想的モデルとみなされました。散文的なものは、二つの意味で批評を通じてとらえられます。本来の意味では、批評が自由な談話のなかで言い表される形式として、二次的には、理念を抽出されたあとのポエジーの抜け殻として散文は批評家に受け取られます。

芸術は批評できるかできないかその点ゲーテとロマン派は違う

初期ロマン派の芸術理論と、ゲーテの理論は根本的に対立しています。初期ロマン派の芸術哲学の仕事のすべては、芸術作品が批評できるということを原理的に証明しようとしたものであり、ゲーテの芸術理論は、作品は批評できないという彼の直観に支えられています。ゲーテはこの考え方を持論として強調するのでもなく、一切批評を書かなかったわけでもなく、批評というものを否定しているわけでもありません。ゲーテは作品の批評はできないという直観を詳しく説明することもなかったし、晩年においても批評文を書いていました。けれどもその多くは、作品に対しても自分の仕事に対しても、屈折した控えめな態度で書かれています。それは、執筆の秘密を披露するとか、執筆の指南をするものに限られました。

一方、ロマン派の詩人たちは、芸術を理念という枠で捉えていました。ロマン派の詩人たちが芸術の核心について語るすべては理念の規定であり、これに対応しているのが、作品に備わった理想形ですが、これについては詳しく語っていません。

芸術をイデアに沿った典型と近いかどうかでゲーテは測る

ところが、作品に備わったイデア（理想形）から話を始めて、成果を収めるのが、ゲーテの芸術哲学です。彼の芸術哲学を駆り立てているのは、芸術のイデアへの問いかけです。作品のイデアが理解されるのは、純粋内容の集合である多様性においてであります。純粋内容の調和の取れた不連続体である芸術のなかで、このようにゲーテ

◎ヨハン・ヴォルフガング・フォン・ゲーテ（一七四九―一八三二年）

はギリシア文化と触れ合います。純粋内容そのものは、いかなる作品のなかにも見出されません。ゲーテはそれを原像と呼んでいます。この原像を見張る女神を彼はミューズと呼んでいますが、この目に見えない原像には、作品は至ることができません。作品にできるのは、この原像に似ることだけです。直観の対象としての芸術のイデアは、知覚可能性を持っています。けれどもその知覚可能性は、芸術作品のなかには純粋に現れてきません。ゲーテにとって、ギリシア芸術がすべての作品のなかで、美の原像にいちばん近づいていました。それは芸術作品の典型となりました。典型は完成されていて、天分を成就しています。自然の本質を把握して、それを芸術の純粋内容のために生かすこと、これこそゲーテが苦労した作業でした。彼は真実の自然を、イデアとして捉えているのであって、学問の対象として捉えているのではありません。芸術作品の自然に忠実な内容というのは、自然こそ内容を測る尺度であることを意味します。ゲーテによれば、この世界の自然においてではなく、ただ芸術においてのみ真の、直観できる自然は模写されて目に見えることになります。ところが、そのような自然は、この世界の自然のなかに現前してはいるけれど、現象によって覆い隠されているということになります。諸作品と無限との関係、そして作品相互の関係について、ゲーテは考えることをあきらめていました。

芸術は堕ちたイデアの影でなく批評によって永遠に触れる

それに対してロマン主義の論客フリードリッヒ・シュレーゲルは「すべての詩、すべての作品は、全体を意味すべきであり、その意味することによって、現実にほんとうに存在すべきである」と言っています。芸術作品は、美の残影であることは許されず、その過ぎゆく姿かたちのなかで、批評を通じて自らを永遠なものとするのです。

ロマン派の詩人たちは、芸術作品が理にかなっていることを絶対的なものとしました。その偶然性は、作品の理念が取り出されることで解消されるか、理にかなったものへ変えられます。彼らは、ギリシア芸術の典型というゲーテの考えに、不動の古典はないというかたちで反撃しました。ロマン派においては、批評を作品より高く評価する考えが定着しています。彼らはその方法で、批評と形式の両方で最大の功績を収めました。批評は作品のなかに閃光《せんこう》を作り出します。覚め切った光であるこの閃光が、作品の理念であり、永遠的なものに触れていると言うのです。

第二章　ベンヤミンの代表作

『ゲーテ　親和力』

◎「ゲーテの『親和力』について」

批評とは事実描写の奥にある真理自体を救おうとする

ベンヤミンは、ドイツ・ロマン主義の批評の考え方に、自分と近いものを感じました。そこで、この批評方法を使って、実際に文学批評を試みることにしました。取り上げたのは、常日頃、愛読していたゲーテの、『親和力』という小説でした。

この文章は作品の注釈のように見えるかもしれないけれど、実際意図しているのは批評だと彼は言います。ここでベンヤミンは、重要な区別を示します。批評は芸術作品の真理内容を、注釈は作品の事実内容を追求するというのです。ある作品が重要なものであればあるだけ、その真理内容、ほんとうに伝えたいことと、事実内容、作品の細かい描写表現は、いっそう緊密なものとなります。そこで作品の真理が事実内容のなかに深く埋もれている作品こそ、後に残る作品であることが示されます。

そして時代の流れのなかで、作品の現実が、時代遅れになるにつれて、作品のなか

ゲーテ『親和力』（柴田翔訳、講談社文芸文庫、一九九七年）

では逆に、作品の現実は、読み手にとっていっそう鮮やかに映るようになります。作品の事実内容が鮮明になるのに対して、真理内容は隠されたまま保持されています。そこで、人目を引くことがら、すなわち事実内容を読み取ることが後世の批評家の前提として必要となります。

批評家は、古文書学者にやや似ています。古文書学者が原典の書き込みを読むことから始めるように、批評家は、原典に注釈をつけることから始めなければなりません。そののち彼は、真理内容の放つ光が事実内容に由来するのか、あるいは事実内容が今も生きているのは真理内容のおかげなのかという、批評の根幹を示すことができます。注釈家は作品の薪と灰を取り扱うのに対し、批評家は作品の生きた炎のなかに、作品の真理を探ります。

この作品で扱われる結婚という事柄について、哲学者カントは鋭い洞察を与えています。「異なった性をもった二人の人間が、生涯、相互に相手の性的特性を所有し合うこと。――子どもを生み育てるという目的は、自然の理にかなえるもので、そのため自然は両性に性愛を植えつけたのであろう。しかし結婚する人間が、必ずこのことを目的としなくてはならぬということは、結婚の合法性のために要求される事柄ではない。さもなければ、子どもをつくることをやめれば、それと同時に結婚もおのずから解消ということになるから。」とカントは言っています。カントは、夫婦は子作りを目的とせず、相手を自分のものにしようとするよりは、永久にお互いが結ばれてあることが結婚の目指すところだと言い当てているのです。

結婚の規範を犯し破滅する代わりに自己の想い貫く

ゲーテは『親和力』のなかで、これよりも結婚の定義に近づいているかと言えば、答えは近づいていないと言わざるを得ません。ベンヤミンによれば、結婚は法律によって正当化されるものでなく、愛の永続の表現としてのみ意義を見出し、そして生よりは死にその表現をみつけるものです。ゲーテは結婚に法的な呪縛を見ていました。『親和力』のなかで、お互いに恋人をみつけた夫婦が破滅してゆくこの小説を書いたとき、登場人物は滅びてゆくだけでなく、違う見地から言えば、結婚の規範より自分の想いを選んだことで、勝利を祝わなかったという保証はどこにもありません。

作品のなかの人生とその本質は、ひとつひとつの作品によって明らかにされうるものであり、本作もその例にもれません。けれどもありきたりの考察では作品の本質を取り逃がすことになります。この作品を知るにはゲーテの人生を参照しなくてはならない、という注釈家の指南も、安易な理解に陥るだけです。批評は作品の持つ「救済」の意味を見抜かなければいけません。

芸術が隠す本意を知るためにその手掛かりを哲学に見る

芸術批評のなかに批評家の共感を見出せない人々が、批評は作品を傷つけるという口実のもとに、あらゆる批評に向かってぶつける怒りは、芸術の本質に関するたいへんな無知を示しています。芸術の根源が生き生きしたものになりつつある時代は、この怒りに反論する必要もありません。けれども、そのような怒りに最も要を得て答えられる例えがあります。仮に美しく魅力的であるけれど、何か秘密を抱いているためにに打ち解けてくれない、ある人と知り合いになると考えてみます。彼の内部に無理やり押し入ろうとするのはひどいことでしょう。それでも、彼には兄弟姉妹があるかどうか、そして彼らに訊いて、この人の謎をいくらかは理解できるのかを、探ることは許されています。

同様に批評とは、芸術作品の兄弟姉妹を探すことだと言えます。すべての価値ある作品は、その兄弟姉妹を哲学の領域にもっています。作品とは、哲学の問題の極致がそのなかに現れる、具体的な姿かたちだからです。哲学の全体性、哲学の網目は哲学のすべての問いかけが要求するよりも、高次の力を持っています。なぜなら、あらゆる問題が解決しても、その統一の中身は尋ねて判るものではないからです。哲学の統一の中身を尋ねるという問いを言い替えると、問題の本質を問うということです。

芸術は哲学的な問いかけを解く鍵をその内奥に持つ

体系を探っても分からないけれど、問題の本質に最も近い共通点をもつ創作はあります。それが芸術作品です。芸術作品は、問題の本質との近さによって哲学と結ばれています。本質というものの性質上、この結びつきは多様性のなかに見出せます。問題の本質は作品の多様性のなかに埋もれていて、それを掘り起こすのが批評の仕事です。批評は、芸術作品のなかに、問題の本質を浮かび上がらせ、芸術作品とは、問題の本質の表現であります。

批評家は哲学的な核心を浮かび上がらせ作品を救う

そこで、批評が最後に示すのは、哲学的と言える作品の真理内容（本意）を明確に言い当てる可能性であります。価値ある芸術作品には、問題の本質の表現を見て取ることができると言えます。こうしたことから、この『親和力』の根本についての考察には、その作品の完成度を踏まえて哲学の力を借りるのが相応しいと思われます。

作品の厚いヴェールに覆われた偽りの美を批評家が崩す

それぞれ恋人を持つ夫婦エードアルトとシャルロッテがいて、夫エードアルトの恋人オッティーリエが彼をあきらめきれず、食を断って絶命します。彼女は神話的ヴェールをまとっています。彼女はほの暗い力の犠牲として死ぬのですが、彼女は聖母に擬せられる純潔さをまとっています。けれどもその汚れなさが、ほかならぬ異性の欲望の的となっています。その意味で、無邪気なシャルロッテにも似たところがあります。オッティーリエの純潔さのヴェールは見せかけであり、彼女は悲劇の犠牲者ではなく、その見かけの美しさを突き崩すのが、「物言わぬもの」という批評の力に他なりません。人を迷わすいつわりの総体を、この「物言わぬもの」が打ち砕きます。

そのことで作品は初めて完成されるのですが、作品としてはあらゆる仕掛けを解消されるのです。

親和力つらぬいている構造は倫理に反す情熱の末路

作家が幾重にも秘めていることは、倫理の掟に従えば、情熱は、それが市民的な生活、裕福な生活、保証された生活と契約を結ぼうとする場合には、その権利と幸運のすべてを失うということです。

登場人物の示す人間的礼節も、作品のこの基本構造は変わりません。そしてゲーテはこの基本構造を、自分からも人物たちからも遠ざけるすべを心得ていました。登場人物たちを、市民的な倫理の世界のなかに閉じ込め、彼らの情熱も叶えてやることを望むことに後ろめたさが潜んでいて、それが罪の償いを要求しています。彼らは見たところ、高貴な性格によって法律による判決を免れているようですが、現実に彼らが生むのは犠牲だけです。ゲーテ自身は恋人たちの美しさを呪縛するために、労力を注いだだけでなく、作品の装いに包まれた真実の世界を、文学の中心として予感させています。

慕情のなかで人間は情熱から解放されます。オッティーリエとエードアルトを支配しているのは真実の愛ではないことが、はっきり示されなければなりません。愛は自然を越えて高められ、神の摂理を通じて救われる場合にのみ、完全なものとなります。そのため、エロスという魔神を持つ愛の暗い終わりは、単に挫折を意味するのではなく、人間の自然につきものの不完全さを真に引き受けてゆくことに他なりません。見かけの美は、この作品の描写自体のなかに提示されています。エードアルトとシャルロッテとのあいだの結婚は、崩壊を続けながらその愛に終止符を打ちます。結婚には選択を許さぬ掟が根底にあるからです。表題の『親和力』とは、きわめて近い人間的な結びつきを言い表している最も純粋な語です。そして結婚においては、婚姻関係として意味するところを十分に打ち出しています。恋人たちの慕情の親和力も見せかけの感動を与えるにすぎません。

芸術の根底にある崇高な生きた美をただ救おうとする

生きた美の実感を救出するために、ゲーテは格闘しています。感動は理解されることが深いほど、いっそう過渡的な、一時的なものです。ゲーテにとって、感動は決して終わりを意味しません。感動は崇高なものに至るための橋渡しです。仮初めの美が滅びるなかで成り立つのが、この橋渡しに他なりません。オッティーリエの美しさに現れる見せかけは、滅びゆくものです。オッティーリエは外的な力で滅びるのではありません。むしろ、彼女の偽りの美のありようのなかに、その見せかけが消えざるを得ないことの根拠がすでに備わっています。ゲーテは、彼女の動きや仕草のひとつひとつのなかに、このことを語らせたのです。

芸術の本質はむしろ、それよりもっと底深いところにあるものを指し示しています。それは、芸術作品にあってそれは、仮初めの美とは逆の、「物言わぬもの」と言ってもいいものです。真の美はヴェールに包まれている間だけ自らを示すような本質です。だからすべての美しいものに対しては、ヴェールを取るということは、ヴェールを取ると本質も逃げ去ると言い替えなければいけません。

真の芸術作品は、それが避けがたく秘密として自らを提示する場合以外では、捉えられたことがありませんでした。ヴェールをつけない裸の姿では、本質的に美しいものは後退してしまいます。人間の裸の肉体によって、あらゆる美を越えてひとつのものが現れます。それは崇高なもので、あらゆる創作を越えた創造主の作品です。

美しいひとを眺める楽園の原体験が作品の希望

ゲーテの『親和力』のもととなる短篇『ノヴェレ』では、このうえなく美しい人を眺めているほうが、恋人と結ばれるよりも願わしい、というエデンの園の愛のような理念が示されていました。そのような愛が自らを挫折させてゆく過程を『親和力』はエードアルトとオッティーリエの運命のなかに描き出しています。小説と比較した場合に短篇がそなえている自由と必然性から見て、短篇『ノヴェレ』は大寺院の暗がりの中心にたとえられます。

『親和力』のオッティーリエでは、生命が逃げ失せるにつれ、生命あるものにだけぴったりと付き添っている仮初めの美も逃げて行き、生命の終わりとともに仮初めの美も消え失せます。愛のなかに自らを捨てきれないような美は死ななくてはいけない。それが、オッティーリエの死の意味するところです。

ゲーテがこの作品のなかで真に伝えたかった希望は、死を越えて残る楽園の至福の眺めだと言えます。『親和力』には、物語的要素と恋愛の抒情的要素に加えて、楽園に輝いている希望という、沈黙する秘密が作品の真理内容として残されています。それが作品の根底にある救済であり、ただ希望なき人々のため、希望は人に与えられています。

『ドイツ悲劇の根源』

この文章は、フランクフルト大学に教授資格申請論文として提出されました。ベンヤミンは、この論文が通らないように、わざと難しく書いたと考えられます。彼は定職に就きたくなかったからです。けれども、断片のモザイクの星座配置や寓意＝アレゴリーの重要性など、この文章にはベンヤミンの批評の重要な考え方が前面に出ています。その意味で、この論文は彼の最大の代表作と呼べるものです。

『ドイツ悲劇の根源〈上・下〉』（浅井健二郎訳、ちくま学芸文庫、一九九九年）

◎認識批判的序論

対象を作る要素を取り出して星座配置で理念あらわす

批評の論文は、理念を打ち出さなくてはいけません。理念の表現の各部分は、理念を構成要素の「配置」として描き出します。理念は現象の配置であり、読みときです。理念はどうやって現象をとらえるかと言えば、現象を代表するという仕方でとらえます。理念のものごとに対する関係は、「星座」の星に対する関係と同じです。

理念が現象の構成要素の関係を決めるのだから、理念は永遠の星座であり、構成要素が星座に組み込まれることで、現象は区分けされるだけでなく、意味を読み取られて救われると言えます。現象が理念に従って、その周りに集まることがなければ、理念は漠然としたままでしょう。現象を「収集」することは、思考の役わりですが、現象の「並べ替え」は、現象の意味を救い出し、理念の表現を得るだけにいっそう重要です。

経験による事物の指し示しではなく、経験の本質を決める力として真理はあります。この力の独自性は、名を与えることにあります。理念は言語で示されますが、理念はことばを象徴とするための力です。経験的な理解では、ことばには象徴性とともに、世俗的な意味がつきまとっています。初期ロマン派は、理念論を復活させようとしましたが、理念はそれぞれ独立していて、その数は限られていることを見逃したため、内省的な意識というもので理念を代弁させようとしました。

バロックの混沌とした無底から一定数の理念を救おう

ここで扱う悲劇というのは、ひとつの理念です。ドイツ悲劇の源泉であるバロック文学では、構成原理は一貫して変わることがありませんでした。一定数のものであるけれど、多様な理念が、批評の対象として与えられています。悲劇の根源を探るということは、歴史的な復元を指し、そのプロセスで理念は完成したかたちで現れます。今まで、ドイツバロックの悲劇は、古典古代の悲劇の戯画であり、歪曲であると見られてきました。おびただしい技巧、豊饒な作品の群れ、価値主張の激しさによって人々に有無を言わせまいとしたこの文学を相手にするときには、形式の理念を述べるときのような、高い姿勢が必要となります。認識の高みから、バロック世界の怖《おそろ》しい深みに突き落とされる危険は、軽視できません。批評が禁欲的な修練を経たのちにバロックの呈する眺めを前にして、自己を失わない強さを精神に与えることができます。バロックの混沌から星座配置によって理念を救い出す修練が、この論考の意味するものです。

◎バロック悲劇とギリシア悲劇

バロックは古典古代の亜種でなく王と歴史の災厄の劇

バロック悲劇を読み取る際には、てんでばらばらに見えるものでも、まとまりをもって連結されるのではないか、という仮定を押し通さなければいけません。その意味で、取るに足らない詩人の作品も、大詩人の作品より軽く考えてはなりません。バロック悲劇の独創性は、全体よりも、むしろ細部によって際立っています。全体を語れば、テーマの重さがあり、筋の単純さが透けて見えます。そこにはアリストテレスの『詩学』の流儀は、ほとんど見られません。ドイツ悲劇が扱うのは、王の意志、殺害、絶望、子殺し、親殺し、火災、近親相姦、戦争、反乱、嘆き、わめき、ため息などの事柄です。これらがこの悲劇の題材の核心であり、それらは歴史的な災厄でした。それに対して、ギリシア悲劇の対象は歴史ではなく、神話でありました。悲劇という言葉は十七世紀では、戯曲にも歴史的事件にも、同様に用いられました。

バロックで王は輝く太陽で並ぶ者なく中心にいる

彼らにとって、王は歴史の代表者でした。王は歴史上の出来事を手中に収めています。君主の法的な役わりは、非常事態を排除することにありました。非常事態では、王のどのような振る舞いも容認されていました。この時代の文学には、君主を太陽になぞらえることがたびたび行われています。

誰であろうと　王座の上に引き上げ
おのが　かたえ　に坐らせる王は　王冠と
緋衣《あけごろも》を奪われるにふさわしい。　世界のため
王国のためには　一人の王一つの太陽があれば足りる
（グリューフィウス『レオ・アルメニウス』）

天は二日《にじつ》を容れず
王座にも婚姻の臥床にも　男二人がやすらうことは許されぬ
（ハルマン『マリアムネ』）

世界王国であれば、王は一人が最適ですが、小国が並立している以上、君主は互い

に対立を避けなければいけません。絶対的な帝政が西欧には見られない権力を持つに至った東洋の歴史へ、好んで目が向けられるようになりました。そこでグリューフィウスは『カタリーナ』のなかでペルシアの王朝に、ローエンシュタインはトルコの帝政にさかのぼって題材を求めています。

バロック末期に、悲劇の専制君主が、ウィーンの道化芝居で堂々たる結末を迎えるに至った、アクの強い脇役タイプに堕したとき、東ローマの数々の帝国の君主が手ごろなものとして使われました。

バロックで王は恐怖の暴君でかつ運命の殉教者となる

全くの悪玉には専制君主劇と恐怖がふさわしく、全くの善玉には殉教者劇と同情がふさわしいものでした。ところが、バロック劇においては、専制君主と殉教者は、王侯の二つの顔でした。

支配者の権力と支配能力との食い違いは、バロック悲劇に風刺画的な特色を添えることとなりましたが、この特色は君主の優柔不断に由来していました。非常事態に決断を下す能力を、劇中の王たちは持ち合わせていないのです。

仕事の成就よりほか何も考えるな！
ああこの病んだ胸が　怖れのために
なんと痛むことか！　待て！　行け！　いや

止まれ！　こちらへ！　いや行け！　これよりほか術はないのだ。
（グリューフィウス『カタリーナ』）

受難劇の面から言えば、キリストが王として人類の名において苦しみを受けたように、バロックの詩人からみれば、帝王もまさしく苦しみを受けたといえます。

この重荷は　それを荷なう者の目には
まやかしの輝きに幻惑される人々とは
ちがってうつる
眩惑される人々には　その重さを夢にも悟りはしなかったが
荷なう者はよく知っている　いかなる苦しみを　この重荷が強いるかを
（ツインクグレフ『政治・倫理的寓意画百題』）

グリューフィウスの最初の悲劇では、君主と殉教者の組み合わせが比類のない仕方で入れ替わっています。皇帝の高い地位とその行動の無能さは、これが専制君主劇なのか殉教物語なのか、決め難いものにしています。

バロックの絶望的な筋書きの救いは深く奥底にある

ドイツのバロック悲劇は希望を与えず、救いは現世の絶望的な状態のなかに埋没しています。救いというものがバロック悲劇にあるとすれば、それは神の計画のなかでなく、悲劇的な宿命の奥底にひそんでいます。

またドイツ悲劇は歴史的、道徳的な葛藤を博物誌的な例で決定的に解消してしまう比喩を豊富に持っていました。自然現象を用いた喩えが、人の運命に応用されたのです。

バロック以降の時代、歴史的対象こそが近代悲劇に特に適していると思われたのは、バロックの理論のせいです。

憂鬱者は瞑想に深く沈み込み死物のなかに救いさえ見る

バロック演劇には、歴史を博物誌的に表現する喩えが多いのですが、この点を後代の歴史家は見逃してしまいました。そして、バロック詩人たちは、悲劇の基調を憂鬱《メランコリア》の気分の上に築いていたのです。王は憂鬱者であり、憂鬱は犬や石や糸杉を通じて、遠回しに語られました。デューラーの絵が示すように、憂鬱はその瞑想の永い沈潜のうちに、死物を取り上げて救い出すのです。

◎寓意《アレゴリー》と近代悲劇

バロックで死んだ歴史の屍が寓意によって前面に出る

デューラー『メランコリア』（銅版画、一五一四年）

バロック悲劇では、極端なものの転化によって神々しさが表面化します。古典主義時代は象徴の読みときが大事でしたが、バロックでは寓意が大きな意味を持ち始めました。象徴と異なり、寓意においては、歴史の死相が、凝固した原風景として、見る者の目の前に広がっています。歴史に最初からつきまとっている、すべての時機をえないこと、痛ましいこと、失敗したことは、ひとつの顔、というより、どくろのかたちを取って、はっきり現れてきます。これがベンヤミンの寓意の定義です。このようなどくろには、たとえ表現の象徴的な自由が欠けていようと、人間存在そのものの本来の姿ばかりでなく、個人の伝記的な歴史が、自然のもっとも荒廃した姿のうちに意味深長なひとつの謎として現れてきます。

寓意では世界は受難の傷跡で死の手のなかで原罪を示す

これが寓意的見方、歴史を世界の受難史として見るバロックの世界観の核心です。世界は、没落の宿り場としてのみ意味を持ちます。世界がそのような意味を持ち、それほど死の影にとらわれているのは、自然とその意味との間の境界線が、死の手によって深く刻まれているからです。

そして自然が昔から死の手中にあったとすれば、自然は昔から寓意的であったというべきです。死とその意味は、原罪の状態で嚙み合っているほど、歴史の展開のなかで熟成することができます。

もともと象形文字に寓意的な意味合いが見出されます。人文主義者たちは、象形文字をまねて、謎を秘めた「判じ絵」を作り出しました。その系譜上にバロックの寓意もあるのです。

バロックにとっては、自然は、被造物の意味の表現、その意義の寓意画的表現という点で合目的にできているとされました。バロック悲劇の舞台に載せられる、自然および歴史の寓意的な姿は、廃墟として、実際に目の前に現れます。そのため歴史は、具体的な姿を取って舞台に現れるようになりました。このような廃墟としての歴史は、とめどのない没落を表します。寓意とは、意味の世界の廃墟だと言えます。バロックで廃墟があがめられるのは、そのためです。

寓意らの底に埋もれた深層の夢の中身を批評が読み取る

けれども、めぼしい作品の根底に常にひそむ歴史的事実を、哲学的な真理内容に変えることが、批評の目的です。バロック悲劇の寓意の組み合わせのなかで、救い出された芸術作品の廃墟の輪郭は明らかです。寓意的なものの根底にひそむ、歴史的な物の自然への読み替えにとっては、キリスト教の受難史がきわめて好都合でした。

神聖なものを抜き取られ、対象が憂鬱の目のもとで寓意的なものと化し、対象が死物と化しながら、しかも永遠性を保証されてあとに残るときは、対象は寓意家の意のままになります。寓意家の手にかかると、物はかくれた別の領域の判じ絵となります。魔術師の部屋や錬金術師の実験室にみられるがらくたの集積と寓意的なものとが似ていることは、偶然ではありません。バロックの寓意では、比喩の中核の周りに、多く

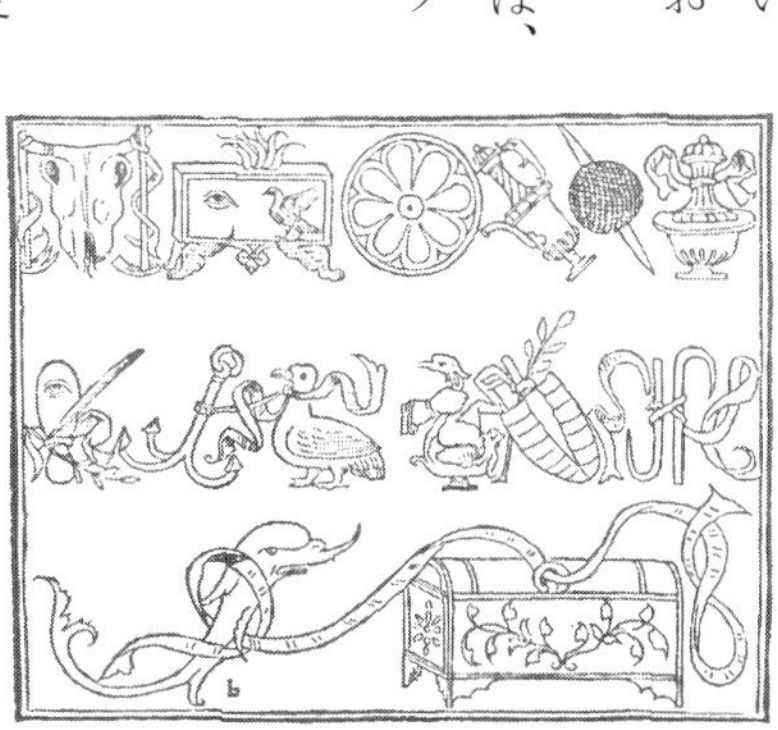

◎象形文字をまねた「判じ絵」の例。（コロンナ『ポリフィロの夢』より）

の寓意画が群がります。

物事のはかなさを知り救済へ引き上げるのが寓意家の真意

事物のはかなさを知り、そしてそれらの事物を楽園時代の永遠のなかに救い上げようとする思いこそ、寓意表現の核心であり、真意でありました。バロックの廃墟のなかで寓意家は救いに向けて変貌します。墓場で神が取り入れをするとき、バロックの描く廃墟のどくろも天使の顔に変貌するのです。

これによって、もっとも細断されたもの、感覚を消失したもの、散乱したものの暗号が解かれます。このために、寓意にとってもっとも固有のもの、たとえば、ひそかで特権的な知見や、死物の世界に対する支配、寓意表現の増殖の無限性が、雲散霧消してしまうのです。

『暴力批判論』

◎「暴力批判論」

ベンヤミンは、作品に判定を下し、希望を取り出すという彼の文学批評の方法を、『暴力批判論』では、歴史に対しても応用しようとします。歴史における暴力を批判的に考察し、逮捕、拘束、刑罰など、法制度側の暴力と、それに対する群衆の集団的な抵抗の暴力、ストライキを対比させ、天の審判に当たるような暴力はあり得るのかを、批評の力を借りて掘り下げてゆきます。

暴力を自己防衛で行使する権利を自然法では認める

暴力批判論とは、暴力と、法や正義との関係を書くことです。人に渦巻く不断の力が、暴力化するのは、それが人々の生き方を決める関係に介入するときであり、この関係は法と正義にかかわるものだからです。法秩序には目的と手段がありますが、暴力は、法的手段に当たります。たとえ、正しい目的のための手段だとしても、暴力が

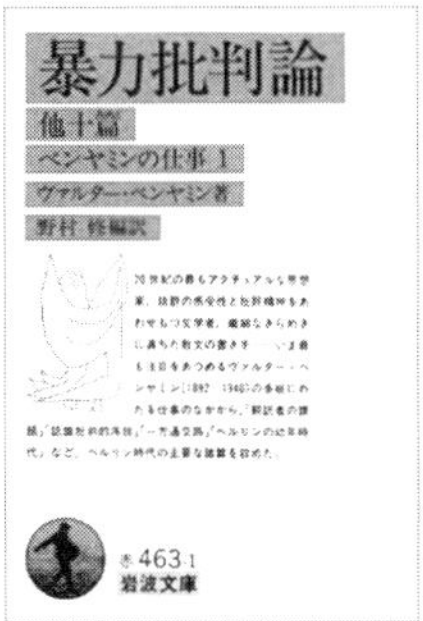

『暴力批判論　他十篇：ベンヤミンの仕事1』（岩波文庫、一九九四年）

正当化されるのかという問題が残ります。このことを考えるには、暴力そのものの特性を考える必要があります。

けれども、いわゆる万人に生まれつき与えられた法である、自然法という考え方では、正しい目的のために暴力を用いることを、自明のこととみなしています。フランス革命のテロを動機づけた、自然法の見方では、暴力は自然の産物であり、それを不正に悪用する場合を除き、暴力行使には何の問題もないとされます。社会契約説では各人が自己の暴力の権利を公のために放棄すると考えますが、それ以前の個人は、自分の暴力を使う権利を用いることができると考えられています。自然な目的にかなった暴力は正当であるという、いわゆる自然法の主張と、対極を成しているのが、歴史的な暴力についての、法制度の立場です。

法律は歴史の上で成り立った合法的な暴力を許す

法制度は、正しく用いられるなら、拘束や刑罰という法的暴力を正当化します。法理論は、歴史的に認められた暴力、つまり法的な暴力と、非合法な暴力を区別しています。この暴力批判論では、法制度の尺度は採用されるのではなく、判定されることになります。暴力の合法と非合法の区別ができるとすれば、暴力の本質はどのようなものか、その区別の意味は何なのかが問題となります。ここでは、法制度そのものの正当性を疑うために、歴史哲学の法の見方に立つことにします。

適正な暴力と不法な暴力を区別する基準は自明ではありません。法制度はその暴力の合法性の証明を、歴史的な承認に求めるでしょう。

近代は民衆側の暴力を原則的に全否定する

現代ヨーロッパの法制度は、個人については、暴力で目的を達することを、どんな場合も認めないことを、原則としています。現状では、法は個人の手にある暴力を、法秩序をくつがえす危険とみなしています。けれども、個人と対立して暴力を独占しようとする法制度側の傾向は、法そのものを守る意図があります。現行法が人から奪おうとしている暴力の危険な登場は、ひそかに法に反発している民衆の共感を誘います。秩序がおびえている、民衆の暴力の行使の、合法的なかたちとは、どのようなものでしょう。

許された合法的な民衆の暴力の場はストライキのみ

政治的には、その例は、労働者に認められているストライキ権、仕事を一時的に一斉に放棄する権利のかたちに見られます。組織された労働者は、現在、国家を除けば、暴力の合法的な行使権を持つただ一つの勢力です。ストライキは雇い手が要求を認めれば、中止するという意味で、一種の脅しです。ストライキ権は、目的を通すために暴力を用いる権利です。

群衆の集団的な抵抗のゼネストは国の根幹を襲う

これが問題視されるのは、革命のためのゼネスト（統一的な労働の停止）の場合です。労働者側はストライキ権を主張するし、国家の方はこれをストライキ権の乱用とみなして、強制措置に出ます。政府が恐れるストライキには、暴力が権力関係を修正する可能性があります。

大犯罪者が出て来て新たな法を作ると言い出すと、民衆はおびえます。国家がこの種の暴力を怖れるのは、法を作られる脅威があるからであり、それは他国に交戦権を迫られることや、民衆に強いストライキ権を認めるように迫られることを、合法的な暴力として認めざるを得ないことと通じています。

法律の暴力的な本性を徴兵制や警察に見る

次に戦争の暴力について考えてみると、徴兵制とは法的暴力なのだから、それを批判するには、あらゆる体制の合法的、執行的暴力を対象にする必要があります。そのために、無政府主義や無際限の自由を主張すれば片付くということはありません。理由あって法を保持していると主張する体制に対して、批判がなされずに済まないとしても、無定型の自由を標榜し、自由の高度な秩序を提示できない議論は、支持されません。その議論が法秩序そのものに向かわず、個々の法律や慣例に向かうとすると、まったく力を持ちません。

国民を従わせる暴力が、法の根源だとすれば、死刑において暴力が法のなかで実体化され、恐怖の顔を露呈しているのは、想像に難くありません。この種の暴力は、近代国家の一制度である警察のなかに、ひそんでいます。

警察は、法の目的のために執行権を持つ暴力ですが、広範囲にわたる命令権も持っています。警察は、法を立てます。というのも法的な効力を持つありとあらゆる命令を発動するからです。また警察は法を維持します。というのは法の見張り番だからです。警察の法があるのは、国が何としても押し通したい具体的な目的をもはや法秩序によって保証できない部分を荷なうためです。民主制における警察の位置は、善良さの仮面を被っているだけに絶対君主制よりも悪質です。

革命の強制力を失った議会は世間で実権を失くす

これまでの考察から、法というのが倫理的に怪しげであるであることが感じ取れます。互いに争う人間同士の利害を調整するのに、暴力的手段以外の手段はないのか、問わずにはいられません。その暴力的起源を忘れると、制度は没落します。現在では議会がその一例です。議会は、かつて成立したときの革命的な力を忘れたために、世間で力を失いました。議会の没落は、政治的紛争の非暴力的解決から、多くの人々をそむかせてしまいました。その人々は戦争に答えを求めたのです。

了解をその核とする言語には罪を罰する圧力がない

紛争の非暴力的な解決は、こころの文化が人に合意の純粋な手段を与えたところでは、容易に見出せます。純粋な和解がかかわるときは、かならず合意の技術を必要とします。市民の合意の技術とは、話し合いです。話し合いでは、暴力を前提としていないことを示すために、嘘をついても罰せられないことが示されなければなりません。もともと、嘘を処罰する掟は地上にありませんが、このことは、「了解」の本来の領域、つまり言語が成り立つことから引き出せます。後世、法的暴力がこの領域に割り込んできて、詐欺を罰するに至りました。法が詐欺に反対するのは、だまされた者の暴力を怖れるからです。同様に、現行法がストライキ権を認めるのは、面と向かうのが恐ろしい暴力的行為が抑止されるからです。

群衆の集団的な抵抗は神の裁きを下す鉄槌《てっつい》

実際、ある条件のもとで行われるストライキは、純粋な手段とみなされます。政治抗議のためのゼネスト（全面的ストライキ）に対して、革命のためのプロレタリア（労働者階級）ゼネストは、国家暴力の絶滅を目指します。プロレタリア・ゼネストは、交渉ではなく、純粋な手段です。純粋な暴力とは、神の審判を代弁する神的暴力です。それに対し、権力による暴力は、支配のための介入であり、神話的暴力です。ここで神話を持ち出すのは適切ではないようにも思えます。神話はマイナスの力ではないからです。

暴力批判論は、暴力の歴史の哲学となります。それが哲学と呼べるのは、暴力の廃絶の理念のみが、暴力に対する態度を決めるからです。互いに支え合っている法と暴力を、つまりは国家暴力を廃止するときにこそ、新しい歴史が創設されます。革命的なかたちの暴力、神的な暴力は神の裁きであって、摂理に基づく群衆の集団的な抵抗と言えるかもしれません。

『一方通交路』

◎「一方通交路」

これは、ベンヤミンがパリで書いた、雑誌や新聞に寄稿したエッセイを集めた短文集です。夢の空間の話も多いのですが、彼はこの時期、実際にフランスの街並みを遊歩する楽しみを知りました。その興味は、のちの『パサージュ論』の執筆へと繋がってゆきます。このエッセイはアーシャ・ラツィスという恋人に捧げられています。

◆給油所

軽やかに雑誌やビラに文を書く作家は社会の輪に給油する

文学者が足取りも軽く、社会と接点を持つのは、ビラやパンフレットや雑誌論文や貼り紙に文章を書くときです。こうした軽快なことばのなかにこそ、現在と直面する能力がみられるからです。意見というものは、社会生活の装置にとって、機械に油を差すようなものです。これからそのような小文を書き綴りたいとベンヤミンは前置きします。

◆朝食の部屋

朝起きて朦朧《もうろう》とした状態で夢を語ると夢に呑まれる

民間の言い伝えに、夢は朝飯前に語るな、ということわざがあります。目が覚めたはずでも、朝食を取らないうちは、まだ夢の勢力圏内にいます。起き抜けの孤独なひとときこそ、夢の影は頭を占領しています。目覚めるのを拒んで行われる夢の報告が、不吉なものとなるのは、当人が半ば夢と手を組みながら、ことばで夢を裏切るので、夢の仕返しの恐れがあるからです。夢に声を掛けることが許されるのは、明るい昼の追憶だけであるからです。この明るい世界に着くには、食事を取るという移行期が是非とも必要です。朝飯前に夢について語るのは、夢の世界からお喋りするのと変わりないのです。

◆地下室

空爆で忘れた品が出るように封印された人を夢見る

ふだんは忘れていますが、空襲で爆弾が落ちると、身の回りには、わけもわからぬ骨董品が次々に掘り返されてきます。かつて日常的だったものほど、その陳列室はいっそうおぞましいものです。ふさぎ込んだ夜、ずっと忘れていた小学校の友だちと、旧交を暖める夢を見ました。目が覚めたとき、ベンヤミンにははっきりとわかりました。ふさぎ込むことで、夢が空爆のように白日の下にさらしたのは、今後あんな奴とは付き合いたくない、という呪文で封じ込めていた男の死体だったのだ、と。

◆玄関

懐かしい斜面机の名簿には子どもの頃に書いた筆跡

ゲーテ館訪問の夢。この夢のなかで部屋を見た記憶はありません。見たのは学校の白壁の廊下でした。二人の英国女性と館の管理人が、夢の脇役でした。管理人が、ベンヤミンたちに芳名帳への書き込みを促します。それは懐かしい幼年期の斜面机の上に開かれていました。近づいてページをめくって見ると、自分の名前がすでに子どもの筆跡で、大きく書きなぐってありました。

◆食堂

年老いた文豪宅でよろめいたゲーテに触れて極まって泣く

ある夢のなかで、ベンヤミンはゲーテの仕事部屋にいました。それは、ワイマールの実物とは、似ても似つかぬものでした。とても狭くて、窓が一つしかありません。窓の向かいの壁際に、書物机がありました。そこで、高齢の詩人が書き物をしていました。脇に立って見ていると、ゲーテは手を止めて小ぶりの壺をくれました。ゲーテは立ちあがるとベンヤミンを連れて、隣室へ入りました。そこには長い食卓にベンヤミン一族のための食事が整えられていました。右の端に、ベンヤミンはゲーテと並んで座りました。食事が済んだとき、ゲーテは立ち上がるのも大変そうだったので、手を貸そうとしました。彼の肘に触れたとき、ベンヤミンは感極まって泣き出してしまいました。

◆貴顕向き住居　部屋数一〇・高級家具完備

殺人にあつらえ向きの洋館の部屋の間取りを探偵は知る

十九世紀後半の家具について、唯一充分な描写を与えているのは、話の中心を住居の恐怖という点においた探偵小説たちです。家具の配置は、そのまま殺人現場の見取り図であり、部屋の並び自体が、被害者に逃げ惑う道筋を指示しています。この手の探偵小説が、その種の住宅がほとんどなかった時代に、ポーによって始まるのは、先に言ったことと矛盾しません。同様に、ボードレールの詩に出てくるパリの市街は、一九〇〇年以降にやっと出現し、ドストエフスキーの人物たちもそれ以前にはいませんでした。大詩人たちは、例外なく、自分のあとからやって来る世界を舞台に、組み合わせの妙を披露するものです。

彫刻をほどこした巨大な食器棚、棕梠の木の植わった日陰、張り出し窓や、ガス灯に包まれた長い回廊のある一八六〇年代から一八九〇年代へ掛けての市民《ブルジョワ》の家屋は、ひとり死体だけが住むのにふさわしいものとなります。その家具の持つ、魂の抜けた豊かさに、快適を覚えるのは死体だけです。

探偵小説の風景で、東洋より興味深いのは、室内に見られる架空の東洋、つまりペルシア絨毯《じゅうたん》やトルコの長椅子、吊りランプやコーカサス伝来の短剣といった品々です。名もなき殺人犯に飢えている市民住宅のこうした特徴は、作家たちに描き尽くされています。

コナン・ドイルはそのいくつかの著作で、女流作家A・K・グリーンは多くの作品で、そのような部屋を描いています。そして十九世紀の大小説『オペラ座の怪人』によって、ガストン・ルルーが、この分野を天の高みへ持ち上げたのです。

◆籏《はた》

遠ざかり小さく消える人影は船や列車の灯で眼に残る

別れを告げる者のほうが愛されやすいのは、一体どうしてだろう。それは去って行く者のために燃やされる火のほうが、束の間、船や汽車の窓から打ち振られるもののせいで、より純粋に燃えるからです。遠ざかるということが、染料のように小さくなってゆく者のなかに入り込み、彼を穏やかな熱で充たすのです。

◆公認会計検査官

マラルメやダダ芸術が予見した見る広告の文字の時代へ

時代は、ルネッサンスと対立していますが、とりわけ印刷術が発明された状況（十五世紀半ば）と、今とがかけ離れています。ドイツに印刷術が出現したのは、本のなかの本である聖書が、ルター訳によって民衆化した時代に当たりますが、今や、この本というものが、最期を迎えつつあるように見えます。

自らの文学の中核に、来るべきものの姿を見ていたマラルメは、『骸子《さいころ》の一擲《いってき》』のなかで、広告の持つ視覚的衝撃を実験的に文字で示してみせました。その後、ダダイストたちが行った文字の実験は、文体の内奥から生まれてきたマラルメの試みに比べれば、耐久性の乏しいものでした。そのことから、貝のように部屋に閉じこもったマラルメが、同時代的なものと共鳴して見つけた文字の実験の、現実味がわかります。印刷された本のなかに逃げ場を見出し、独自の道を歩んできた文字は、広告によって、情け容赦なく街頭に引き出され、経済原理のなかに放り込まれます。これが来るべき文字の運命です。

文字は床から身を起しています。新聞は立って読まれているし、映画と広告は壁から吊るされています。本も情報の束となっています。図書館のカード式検索は、文字の立体化の夢を実現します。本は文字の検索で見つけ出され、文字の検索のなかに埋め込まれます。

いずれ量が質に転じて、視覚的な文字のメディアが、自分に適した内実を手に入れるのは確実です。未来の詩人が権威を取り戻すのは、国際的なグラフィックを創り出すときでしょう。それと比べれば、言い回しに凝ることなど、時代遅れの夢想だと思い知らされます。

◆切り抜き絵

船上の出入りの多い掛け小屋で新奇な物に触れて驚く

掛け小屋は、石積みの埠頭《ふとう》の両脇に軒を連ねて、その間を人が列をなして歩いています。高いマストの帆船、煙を出している蒸気船、積み荷が載ったままの伝馬船。そんななかに、ご婦人の入場お断りといった船も何艘《なんそう》か見えます。ハッチからは女の腕やヴェールや孔雀の羽根飾りが覗《のぞ》いています。ある甲板では異人たちが、調子外れのメロディーを流していますが、どこか投げやりな様子。船はしごを登るときのように、大股で、でもためらいがちに、船腹に吸い込まれる男たちの足取り。船の上にいるかぎり、世間のことなどきれいさっぱり忘れようというわけです。

次々と虚ろな顔つきで人が出てきますが、彼らは着色アルコールが上下する赤い計器板のところで、自分たちの結婚運や行く末を占ってきたのです。低い目盛りでは黄色の男の人形が求愛を始め、高い目盛りのところでは、青い女の人形を捨てるという仕掛けです。数日間、この界隈は南海の島の港町に変貌し、住民はヨーロッパ人が眼の前に投げ出す品々に仰天し、欲を掻き立てられる異邦人となっています。

◆非売品

年の市人形館の出し物は王に聖者に魔法の泉

ルカの年の市、からくり人形館。左右対称に仕切られて長く延びる天幕の中が展示場です。ちょっとした階段を上がると、看板代わりに動かない人形がテーブルに置かれていました。巡回路のガラス棚のなかにぜんまい仕掛けの人形が入っていました。入り口近くは王侯たちの人形で、手招きし、ガラス玉の目を動かしています。

全部の人形が何かの仕草をしますが、目玉を動かしながら手を動かす仕掛けの物が多くあります。王侯貴族、キリストの生涯の展示。ほかのテーブルには、通俗的な人形が置いてありました。大食い男、アルプスの乙女の糸紡ぎ、ヴァイオリンを弾く二匹の猿、光線が水の流れに見える魔法の泉。全部の人形の足元には、表題の書いた紙。製作年はすべて、一八六二年でした。

◆貨物　発送と梱包

自動車で町を走った思い出は本のかたちで荷場所に眠る

早朝、ベンヤミンはマルセイユの町を、自動車で停車場に向かっていました。途中、よく見た場所や、まだ見たこともない初めての場所や、ぼんやりとしか思い出せない場所などに、突き当りました。けれども、このとき町は、今からいつの日までか目に触れられることなく、屋根裏の荷場所で眠るはずの、そしてその前に手のなかで素早い視線を浴びる、一冊の本となりました。

◆物乞い、押し売り、お断り

物乞いは教えを残す一方で断る人の顔を読み取る

どんな宗教もみな、物乞いに大きな敬意を払ってきました。何しろ、物乞いは、例の喜捨という行為のように神聖で、命の恵みを教える一方、月並みで実際的な事柄の場合には、建前と本音、結果と道理などまったく通用しないことを示しているからです。

人々は南国から来た物乞いを悪く言いますが、鼻先で演じられる彼らのしつこさは、難しい書物に向かった学者の頑《かたく》なさのように、正当だということを忘れていないでしょうか。私たちの表情をよぎる、ためらいの影、かすかな気持ちの揺れや配慮などを、物乞いは何一つ見逃しません。馬車に乗る気がなくもないのを、呼び声で気づかせてくれる馭者《ぎょしゃ》や、がらくたのなかから、相手の欲しがりそうな鎖やカメオをずばりと積みあげる小売商人の勘のよさは、これと同種のものでしょう。

◆イタリア語話します

イタリア語話す二人の女の子その囁きで傷が癒えそう

ある晩、ベンヤミンは激しい痛みに耐えながら、ベンチに座っていました。ベンチを一つ隔てて向かい合うかたちで、少女が二人、腰を下ろしました。二人は内緒話をするかのように、ひそひそ語り始めました。どんなに大声だとしても、ベンヤミンには彼女たちのイタリア語は理解できなかったでしょう。ところが、このなじみの薄いことばで、とりとめなく交わされる囁《ささや》き声によって、ずきずきと痛む傷口に、ひんやりとした包帯を巻かれたような感覚を覚えずにはいられませんでした。

ベンヤミンは、このような断章を集めることで最終的に街の日常風景に夢の綾を織りなそうとしました。

第三章　ベンヤミンの芸術文化論

『複製技術時代の芸術』

◎「複製技術の時代における芸術作品」

硬貨から活字や写真の複製に時代は移り激震が走る

芸術作品は、基本的に、複製できるものでした。人が作ったものは、また人によって模造できました。この模造を巨匠は作品を広めるため、弟子たちは技術を学ぶため、商人は儲けのために行ってきました。

これに対して、複製技術による、芸術作品の大量生産は、まったく別物と言えます。これは、長い時間をかけて発展してきた分野で、古代ギリシア人は鋳造と刻印しかその方法を知りませんでした。その頃大量生産された芸術作品は、ブロンズ像、テラコッタ（素焼きの陶器）、硬貨だけでした。その他の作品は一回限りのもので、量産できませんでした。

その後、木版画によって、初めて、グラフィックの複製技術が実現しました。活字印刷によって文字が複製されるには、長い年月を要しました。中世に銅版画とエッチ

『複製時代の芸術』（佐々木基一・編集、晶文社クラシックス、一九九九年）

ングが、十九世紀にはリトグラフ（石版画）が複製技術に加わります。リトグラフで複製技術は、新しい段階に入ります。グラフィックの大量生産ができるようになり、毎日、新しい製品を市場に送り出せるようになりました。石版が挿絵を作り、活字の印刷と組み合わさりました。リトグラフの発明から数十年経つと、写真技術に追い越されます。写真技術で手製の複製は終わり、レンズに目を向けることで複製できるようになりました。レンズは対象を素早く写し取り、話すように早く伝える時代が来ました。そのすぐ先に映画の時代が来ます。

複製技術は一九〇〇年を境に高水準に達し、芸術に深刻な変化を与え、新しい芸術を生みました。この変化の意味を知るには、複製芸術と映画芸術によって、従来の芸術がどう影響されたかを調べるのがふさわしいと言えます。

今ここの現物性が失われ本物の持つ権威消え去る

複製では、「いま」「ここ」にあるという芸術の一回性は失われています。芸術作品の歴史は、この一回性に支えられていました。

「ほんもの」という考えは、オリジナルの「いま」「ここ」にあるという性格によって作られます。この「ほんもの」の権威も、技術的な複製が相手では、失われてしまいます。複製技術は、オリジナルに対して、独立性を持っています。写真は目に見えない細部まで写し取れるし、遠くにあるものも拡大して写し取れます。また写真もレコードも、オリジナルを受け手に容易に近づけ、事件現場やコンサートホールが部屋のなかで鑑賞できるようになるのです。映画の観客をよぎる風景にも同じことが言えます。

作品の一回性が消え去って芸術の持つアウラなくなる

複製技術の進んだ時代で、「いま」「ここ」にしかないという一回性が消えてゆくことを、作品の持つアウラ（息吹・存在感）が失われる、と言うこともできます。この流れこそ、まさしく現代の特徴です。

複製技術は一回限りの作品の代わりに、同一作品を大量に生産できるし、複製品を受け手に近づけることで、一種の臨場感を生み出しています。これは、明らかに伝統にとっての激震であり、現代の安直さと人間性の実験を同時に生み出します。

今日の大衆運動も例外ではありません。大衆運動に影響力を持つ映画は、破壊的な解放感を持つ、文化遺産の絵巻を提示します。それは、広大な時空を「私」のわかる世界へと、集約して見せます。

複製で一回きりの経験も手許《てもと》において何度も味わう

複製芸術によって失われるアウラ（息吹・存在感）の意味を、自然界のアウラによって補足してみましょう。アウラの定義は、どんなに近くにあっても近づくことができない現象、ということです。夏の日の午後、その場の地平線の山並みや木々のそよぐ音に触れる、これが山並みの、あるいは木の枝のアウラを呼吸することです。

このような、事実を覆っているヴェールを剝ぎ取り、アウラを崩壊させることこそ、現代の知覚の特徴であり、人々は一回限りのものでさえ、印刷や映像により、手許で繰り返し味わおうとします。臨場感のあるものを大勢に、というのが時代の流れです。

ヴィーナスの像とは儀礼の産物でその役わりを複製は捨てる

ヴィーナス像を見てもわかるように、「ほんもの」の芸術作品が比類ない価値を持つ根拠は、まさに儀礼的な性格であり、芸術作品の第一の利用価値もそこにありました。絵画展で美の礼拝が行われる場合にも、それが世俗化された儀礼の一種であることに変わりはありません。けれども、革命的な複製手段である写真技術の登場で、芸術の危機が迫り、もはや立ち行かなくなったとき、芸術は、「芸術のための芸術」という教義のなかに逃げ込みました。社会的な機能を拒み、主題の規定さえ認めない「純粋芸術」という神学が生まれました（この代表的な詩人は、マラルメです）。

これらを見極めることで芸術作品の技術的複製が、芸術を儀式への依存から切り離すことの意味がよくわかるようになります。今や複製を前提とした芸術が広く出回っています。ここにオリジナルとコピーの区別は消失します。芸術は、その根拠を儀礼から政治へと置き替えることになるはずです。

昨今の複製時代の芸術は享楽をする大衆を生む

芸術作品の複製技術は、芸術への大衆の関係を変えてしまいます。たとえば、ピカソに対して保守的な態度を示す大衆が、チャップリンに対しては、きわめて進歩的な態度を取ります。この進歩的な反応は、作品を見て味わう悦びが、批評家の態度と接近することを意味します。映画館のなかでは、観客の批評眼と楽しみは、ひとつに溶けあっています。映画館以上に、個人の反応が、周囲の反応で形作られる場所はありません。これは、映画への観客の反応を見る場合、決定的な重要性を持ちます。

もちろん、「展示」として見た場合、絵画との比較も無駄ではありません。絵画は、一人あるいは少人数の鑑賞を要求してきました。多くの観客の動員も二十世紀になって行われましたが、これは絵画の危機の前兆でした。絵画の危機は写真だけの原因によるものではなく、芸術作品が大衆を求め始めたことにも起因します。

本来、絵画は、同時的な集団の鑑賞に向いたものではありませんでした。グロテスク映画の前で意欲的な反応を示すその同じ観客が、シュルレアリスムの絵画の前で物怖じするのは、このような事情によるものです。

フロイトが無意識に陽を当てた今映画は同じ分析を許す

映画の特徴は、人間がカメラに向かって表現する仕方に見られるだけでなく、カメラの力を借りて周囲の世界を表現する方法にも見られます。フロイトは、言い間違いのなかに、心のこだわりを発見し、無意識的なものを分析可能にしましたが、映画もまた、記号の配置の工夫によって、同様の無意識のメカニズムの発見に成功しています。映画の画面が、絵画や演劇よりもはるかに正確で、細かい分析ができるのは、この事実の裏返しと言えます。映画には細かい分割ができる特性があります。一定の状況のなかで人間の動作が標本化される例は、映画のほかにありえません。映画ほど、芸術的価値と、科学的な写実の力で人を引きつけるものはありません。写真の芸術的価値と、記述的価値は分けて考えられますが、これが一体となった点に、映像の革新性があります。

現代の映画は景色を揺さぶって見慣れたものを一変させる

映画はクローズ・アップで、対象の細部を強調し、レンズを自在に操って見慣れた風景を写し取り、他方では、巨大な心の領域を切り開いて見せます。見慣れた日常へ映画が出現して、この日常の牢獄を爆破してしまいます。意識的な空間の代わりに無意識的な空間を見せることで、景色が違って見えてきます。人は精神分析によって無意識の衝動を知るように、映画によって今まで気づかなかった眺めを知ることになります。

昨今の複製時代の芸術は瓦礫の配置で夢を引き出す

芸術の課題の一つは、その時代に充たされていない新たな需要を作ることです。時代の矛盾が、新しい芸術に突破力を与えます。近代のダダイズムの運動も、このような突破力に充たされていました。その激しい緊迫感は、今になってほんとうに理解できます。ダダイズムは、今日の大衆が映画のなかに求めている効果を、絵画や文学で作り出そうとしていました。

ダダイストにとっては、作品の商品価値よりも、作品の無意味性のほうがはるかに重要でした。がらくたを組み合わせることによって、作品の無用性を際立たせました。彼らが目指すのは、作品のアウラ（息吹・存在感）を容赦なく壊すことであり、複製の可能性を生み出すことでした。無意味と衝撃を掲げるダダイズム宣言は、芸術作品をスキャンダルの中心点とすることで、公衆の反感を掻き立てようとしました。映画技術は、ダダイズムが目指したショック作用を得ることに成功しています。映画こそ、芸術本来の実験機関です。映画は刺激的な娯楽性で、大衆動員に成功しています。その際、大衆は気ままな批評家となります。

ファシズムは人を酔わせる芸術で煽動をして圧政を敷く

芸術は階級社会を打ち倒す破壊力へと転ずる芽を持つ

無産階級の増大と消費社会の大衆の誕生は、同じひとつのことの裏と表です。無産階級の大衆は、階級社会の変革を迫っています。それに対して、ファシズムは、階級対立に手を着けずに、大衆を組織しようとします。ファシズムにとっては、大衆を酔わせる芸術は、歓迎すべきことです。階級社会の変革を要求している大衆に対して、ファシズムは変革なしに働きかけようとします。ファシズム芸術の行き着くところは、政治生活の耽美化です。大衆を組織して、指導者崇拝に縛りつけること、マスコミを操作して全体主義に誘導することは、表裏一体をなしています。政治生活の耽美化は、戦争へ大衆を駆り立てます。戦争だけが、階級社会を変えずに、大衆を煽動できます。マリネッティは未来派宣言のなかで、戦争の美を謳い上げましたが、事はそのような美意識に留まりません。大量殺戮《さつりく》の現実が、ただ待っているのです。

「芸術に栄えあれ、もし世界が滅ぶとも。」とファシズムは言います。ファシズムは技術時代の感性を満足させるために、戦争への芸術の利用に期待をかけています。人間を破壊する美学こそ、ファシズムの言う政治の耽美化《たんびか》の正体です。共産主義は、これに対して、芸術を階級社会の変革へと導く「芸術の政治化」で応戦することができます。

大衆の眠れる夢をモザイクで現実化する芸術の価値

このようにファシズムの「政治の耽美化」による芸術利用に反対する一方で、共産主義の、階級社会の変革のための「芸術の政治化」を、肯定的にベンヤミンはとらえています。ベンヤミンは、大衆の夢をその断片のモザイク配置によって浮かび上がらせて、芸術を政治に生かせると考えていました。

ベンヤミンの議論の価値は、複製商品が出回り、消費者によるデータのコピーが一般化した現代社会を予見している点にあります。また、複製芸術が、政治的に大きな影響力を持つ時代が到来したことに対する、驚きと期待感があります。さらには、彼の議論の価値は、大衆の夢をその断片のモザイク配置によって現実化して、文化の無意識に働きかける役割への着眼点にあると思います。

◎「写真小史」

暗箱のカメラの像を焼きつける写真技術が産声を上げる

写真の始まりは、書籍の始まりほど、あやふやではありません。発明すべき時節がすでに来ていて、数人の人々がそれを感知していたことも、調べればすぐわかります。ダビンチ以来知られていた、暗箱カメラの映像を定着するという目標に向かって、数人が別々に独自の試行錯誤をしていました。およそ五年にわたる研究ののち、ジョセフ・ニセフォール・ニエプス（一七六五～一八三三）とルイ・ダゲール（一七八九～一八五一）がほぼ同時（一八二五年頃）にこの目標に達したとき、特許権の争いを避けるために、フランスの国家が発明家たちから発明の特許を買い上げて、公開しました。その後の急な発達は目まぐるしいものでした。最近の研究では、写真の初期の最盛期は、その最初の十年間でありました。この十年は、写真の産業化前の時期でした。産業が勢力を伸ばしたのは、名刺版写真によってであり、それを制作した人は億万長者となりました。

『図説　写真小史』（久保哲司訳、ちくま学芸文庫、一九九八年）

屋外の長い露出に耐えるため静止している肖像の風情

初期に複製された人物は、文句も言わずに、写真の画面に登場しました。写真の新聞での本格的な活用は、始まっていませんでした。肖像芸術というのは、量産化と写真の接触が始まっていない時期に、花開きました。初期の原板は感光性が乏しいので、屋外での長い露出を必要としました。この技術的な制約のために、モデルたちはじっと静止して長時間がまんして映像となります。これが肖像写真に独特の表情を与えました。

これと対照的なのが、後の瞬間撮影で撮られた映像です。スポーツマンは一瞬の露出で、動作の瞬間を切り取られます。初期の写真では、写真に写った衣服のひださえも、持続性を持っていました。

ところで、ダゲレオタイプの写真技術が発明された時代に、その影響力の大きさを知るには、外光派絵画が画家たちに斬新な描き方をうながしたことを考えなければいけません。けれども、写真の犠牲になったのは、風景画ではなく、細密肖像画でした。肖像写真家は画家の副業でしたが、すぐ本業となり、画家の経験が写真の役に立ちました。その後、職業写真師がネガの修正を無節操に行って、趣味のよさは急速に下落しました。

裕福な市民家族の気遣いを写し撮るのが肖像の技

初期の肖像写真の美しさは、写真家が最新の技術者であり、顧客が衣服の細部にもアウラ（息吹・存在感）を宿している裕福な市民階級である場所で成立したのでした。その後、失われたアウラの復活を、修正とオフセット印刷を用いて、写真家は生み出そうとしました。人工的なぼかしにもかかわらず、硬直したポーズが際立ち、写真の美は損なわれました。

意図的に物の一部を撮影し名前をつけるシュルレアリスム

写真撮影の画期的な天才は、ジャン・ウジェーヌ・オーガスト・アジェー（一八五六～一九二七）です。彼はフランスの写真の名手で、先駆者でした。アジェーは役者でしたが、その商売に嫌気が差して化粧を落とし、現実からも、化粧をそぎ落とす仕事に取りかかりました。撮った写真を愛好家たちに売り渡しましたが、その愛好家たちも、彼に劣らぬ変人ぞろいでした。彼は四千余りの写真を残して没しました。アジェーによるパリの写真は、シュルレアリスム写真の先駆けでした。アウラからの対象の解放は、彼に口火を切られました。

前衛は想定外の切り取りでアウラを剥がし馴れ合いを断つ

アヴァンギャルド雑誌『ビュフェール』や『ヴァリエテ』が、物の一部だけを見せ

◎シュテルツナー「商人バルテュスの家族」ハンブルグ、一八四七年頃（ボッセルト／グッドマン『写真の初期から』所収）

る写真に、思わせぶりな地名をつける手法は、アジェーが発見した、モチーフの文学的切り抜きそのものです。彼は行方知れずになったもの、吹き流されたものを見つけ出して、その写真に思わせぶりな地名をつけました。アジェーは対象からアウラ（息吹・存在感）を剝ぎ取って、靴の陳列や、手押し車が立ち並ぶパリの中庭や、食後の食卓や、散らかった洗面用具といったものを、ひたすら撮り続けました。これらの写真には、人影がありません。ここに風景との馴れ合いを拒んだ、シュルレアリスム写真の視野が開けています。

科学的資料写真や報道や説明文も写真の現在

またロシア映画は、写真を残そうと思ってもみない人々を、カメラの前に立たせました。同時に大量の顔写真が撮られました。それを撮ったドイツの写真家アウグスト・ザンダー（一八七六〜一九六四）によれば、それは、観察であり、科学的な資料でした。写真は前衛芸術や、報道ジャーナリズムの有力な手段となります。加えて、ドキュメント写真の物証性も無視できません。これからは、写真の説明文が撮影の重要な構成要素になるはずです。写真の歴史を紐解くことで、写真の多彩な可能性が、現代人に身近なものとなります。

◎アジェー「コルセット屋」（一九一二年、アジェー『写真集』所収）

◎ザンダー「羊飼い」（一九一二年、ザンダー『時代の顔』所収）

『シュルレアリスム』

◎「シュルレアリスム」

あふれ出るシュルレアリスムの登場の最初は細い川に似ている

精神の川の流れは、批評家がそのそばに発電所を作れるほど、大きな落差を作ることがあります。シュルレアリスムにこういう落差を生み出したのは、フランスとドイツの水位の違いです。一九一九年にブルトンやアラゴンやエリュアールが始めたのは、倦怠感とデカダンスの名残りを留めた、か細い小川でした。いまなおその創始者たちを乗り越えず、一部の文学者がまた大衆を煙にまいた、としか言えない連中は、その水源の波及力を過小評価しています。

ドイツの観察者から見れば、一群の人々が「詩的生活」の可能性をぎりぎりまで追い求めたため、詩の領域が内部から爆破されてしまったと言えます。ランボーの『地獄の季節』には、もはや秘密はないと彼らが言うとき、ランボーがこうした運動の先駆者だったという事実はまちがいではありません。ランボーが「海の絹と北極の花々

◎アンドレ・ブルトン（一八九六—一九六六年）シュルレアリスム宣言の頃のブルトン。

の上に、それらは存在していない」とうそぶくのに、それを上回る警句が言えるかは疑問です。

人生は目覚めと眠りの境い目を踏み越えたとき鮮烈になる

シュルレアリスム運動の目立たぬ波にどれほどの革新性が隠れていたかを、一九二八年に、アラゴンは『夢の波』で明らかにしました。こういう運動は秘密結社の離合集散を繰り返しますが、運動のひらめきが、夢の波のかたちで、創立者たちの頭上に突然現れた当時は、啓示に近い、絶対的なものだったことでしょう。人生は目覚めと眠りの敷居を踏み越えた時にのみ、生きるに値するように感じられ、音とイメージが一体化し、裸の言語が見えてきます。イメージと言語が、意味に先行します。

イメージとことばは自我をぐらつかせ啓示となって人を酔わせる

意味に対してだけでなく、意識に対してもイメージが先行します。その世界のなかで、夢は個人の主体性を虫歯のようにぐらつかせます。この、陶酔による自我の動揺は、陶酔を越えた生きた経験となります。阿片やハシッシュの非宗教的な啓示は、シュルレアリスムと、双方の頂点で出遭ったのではありません。

避雷針、ベランダ、漆喰、風見鶏見るものすべて意識に刺さる

ブルトンの『ナジャ』のなかで、サッコ夫人は、ナジャと付き合うといいことがないと詩人エリュアールに語ることができる、千里眼の予言者なのです。そこで読者は、屋根、避雷針、雨どい、ベランダ、風見鶏、漆喰細工を越えてゆく、シュルレアリスムの意識の旅に触れ、心霊術の裏窓に至るのを見て取ります。これらの生き生きした経験を、裏街の阿片吸入と区別するのは正当と言えます。

次々とドアを開いて行くように愛に打たれて眺めが異化する

ブルトンの本は、「非宗教的な啓示」の特徴を説明するために書かれました。彼は『ナジャ』に、ドアを次々に開けっ放していくような本と名づけました。開けっ広げの暮らしぶりは貴族的な徳から、成り上がりの小市民の奔放さとなりました。それは芸術的な、生活様式のモデルでもありました。

見慣れないふしぎな眺め作り出す台風の目のナジャの毎日

『ナジャ』が示すように、愛と真剣に取り組めば、「非宗教的な啓示」に開かれます。ブルトンは、恋を霊媒的な少女ナジャと結びつけ、革命的な眺めへ導きます。ブルトンは、ナジャが近づく事物に、彼女以上に近づきます。彼女が近づく事物とは、最初の鉄骨、最初の工場建築、最初期の写真、サロンの開き扉、五年前の衣服、社交婦人の集会所など、流行おくれのものに秘められた熱量を感じさせるものです。

アンドレ・ブルトン『ナジャ』（巖谷國士訳、一九八九年、白水Uブックス）

うらぶれた瓦礫の山やがらくたが眠った夢の材料となる

このようながらくたや瓦礫の山が、革命の夢の原料に転化することに、ブルトン以前は誰も気づいていませんでした。アラゴンの『オペラ座遊歩街』は例外として、ブルトンとナジャは、うら寂しい汽車の旅や、貧民街の神に見捨てられた日曜の午後に、また新居の雨に濡れた窓からの景色を一目見て、読者が経験したすべてを革命的経験に転化するような、恋人同士です。二人は、うらぶれた事物に隠れている「気分」の導火線に火をつけます。『ナジャ』は、革新的な瞬間に、流行歌で歌われるような生活が描かれている、信じがたい小説です。

この語りのトリックの本質は、過去への歴史的な眼差しを政治的な眼差しへと転化することにあります。こういう技法は、アポリネールから始まります。彼は、この技法を短編小説集『異端教祖株式会社』で、カトリックの美学を爆破するための非道な計略で用いいました。

うらぶれた事物の中心に、その物体たちの夢見ているもの、パリの都そのものがあります。

反乱の笛の響きや口笛が街の眺めを先鋭化する

けれども、そこに反乱の合図が、街のシュルレアリスティックな様相を露呈させます。どんな顔も、街の真の顔ほど、シュルレアリスティックではありません。キリコやマックス・エルンストのどんな絵も、都市の砦の鋭い見取り図にはかないませんが、これらの砦は大衆の運命のなかで役割を演じるために、まず征服され、占領されなければいけません。

ナジャはこのような大衆と大衆を鼓吹するものの、ひとつの指標であります。「いきいきと響き渡る大いなる無意識よ、わたしがつねに証拠だてようとのぞんでいる意味で、信ずべきわたしひとりの行動に私を鼓吹するものよ、わたしにある一切のものをいつまでも自由のままにしておくれ。」

ブルトンの写真描写で現実のパリの各地が芸術となる

ここには、薄汚れたモーベル広場にはじまって、今はもうない「テアトル・モデルヌ」まで、このような保存の目録がみられます。けれども、ブルトンの二階のバーの描写のうちには、古い「王妃カフェ」の得体の知れない空間をベンヤミンに思い出させます。それは二階にあって、青い照明に照らされた、一対の裏部屋でした。「解剖室」と呼んでいたその部屋は、恋愛の行き着く最後の場所でした。こういう箇所にブルトンの場合、きわめて注目すべきやり方で、写真が添えられます。パリのあらゆる地点が、回転ドアのように読者の頭をよぎります。現実の芸術化を目録にするなら、そこにはシュルレアリスムのレントゲン写真が見出されるに違いありません。

内向きのシュルレアリスムがイメージの革新のため左傾化に至る

イメージが現実に形を取ってそこにあるという信仰は、未来派、ダダイズム、シュルレアリスムの、アヴァンギャルド文学全体に通底しています。内省的なシュルレアリスムは、段階的に左傾化しました。ランボーが予告した、大衆の憎しみを宝の山に変えるという、シュルレアリスムの詩法は、その根をアポリネールに発するあの「おどろき」の理論、不意打ちの詩作理論よりも深く、創作の核心に触れています。

底なしの受け取るに足る自由とは闘争により手にできるはず

バクーニン以来、ヨーロッパでは、自由のラディカルなとらえ方はもう存在しませんでした。けれども、シュルレアリストたちは、それを持っているのです。彼らは、道徳的、人道的に硬直した自由の理想を解放する、最初の人々です。なぜなら、「この世界で無数の過酷極まる犠牲を払って購《あがな》うことができる自由は、それが持続するかぎり、無制約にそのゆたかさにおいて、どんな計算もなしに享受されるだろう」ということは、彼らにとって確実だからです。その自由は彼らに「もっとも単純な革命の形での人類の解放闘争は、奉仕しがいのある、唯一の問題であることを失わない」と示します。

それでは、彼らのこのような自由の経験と、現実の革命的経験を溶接することはできたのでしょうか。つまり、反乱を革命に結びつけることに成功したのでしょうか。

政治革命を、ル・コルビュジエ（一八八七〜一九六五）やオランダ人建築家ヤコブス・アウト（一八九〇〜一九六三）のような、前衛芸術家の作った空間でどう思い描くべきでしょうか。前衛の空間はできても革命の精神が置き去りにされては意味がないからです。

日常を飼い馴らせない目も眩《くら》む陶酔の場に塗り替えてみる

革命のための陶酔の力を得ること、シュルレアリスムはあらゆる書物と企てでこの問題を扱います。シュルレアリスムはそれを運動のもっとも独自な課題と呼ぶ必要があります。

知られているように、各人の過激な行動のうちに、陶酔的な要素が潑剌《はつらつ》としてあるだけでは、十分ではありません。それはアナーキーな行動と同じです。日常性は飼い馴らせないと見ることで、作家は陶酔の秘密に迫ります。

「革命のための陶酔の力を得ること」は、言い替えれば、詩的政治でしょうか。ある種の社会主義者は、未来を、万人があたかも天使であるようにふるまい、多くの人が、富裕であるかのように所有し、各人が自由であるかのように生きることを夢見ますが、これは楽観的すぎます。

絶望をシュルレアリストは糧として先鋭的な空間を書く

革命の前提はシュルレアリストに、徹底的な悲観性を求めます。だが、それでどうなるのでしょう。絶望を組織化することは、政治から道徳的な喩《たと》えを追い出し、先鋭的な現実に目覚めた人の空間に、拡充したイメージを発見することだと言えます。市民層の芸術家を、前衛芸術の大家とするよりも、芸術を犠牲にしても、彼をイメージ空間のただ中で活かすことが問題です。

行動に駆り立てられる大衆を育むために秒針を刻む

技術上、行動へと組織される大衆の身体は、革命的な現実の変容によって、開かれてくるイメージ空間のなかで生まれます。この瞬間のために、シュルレアリストたちは自分の今日の使命を理解している、稀有な存在です。彼らは一人残らず革命の秒針を刻む、創作に没頭しているのです。

『文学の危機』

◎「マルセル・プルーストのイメージについて」

マルセル・プルーストの『失われた時を求めて』全十三巻は、組み合わさらないものをつなげた結果であり、神秘主義者の沈黙、散文家の筆致、風刺家の熱気、学者の博識、蒐集家の偏執が生み出した、ひとつの自伝的作品です。過去の記憶を繰り返し思い出し、復元して救い出そうとするベンヤミンにとって、理想的な先例が、プルーストだったのです。

果てしなく曲がりくねったナイル川そのように書く記憶の大河

すべての偉大な文学作品は、ひとつの分野を築き上げるか、それを解体させる特別な作品である、と言われてきたのは当然です。なかでも、このプルーストの作品は、もっともとらえ難い、特別な作品です。詩と回想と注釈が一体となった構成から、ナイル川を思わせる、曲がりくねった、長く果てしない文章の書き方まで、すべてが、

『ヴァルターベンヤミン著作集7　文学の危機』（高木久雄・編纂、晶文社、一九六九年）

マルセル・プルースト『失われた時を求めて』（岩波文庫、二〇一〇年）

ありきたりの尺度では計りきれません。この文学の記念碑は、同時に十九世紀文学の最大の収穫であることが、第一に知られうる前提です。

人知れぬ病苦と富と性格が回想文の実例となる

けれども、この文学の根底を成した条件は極めて不健康だと言えます。それは、異常な病苦、並外れた裕福さ、作者の異才です。このような人生のすべては、必ずしも模範とは成りえませんが、実例にはなります。それによって、この時代のずば抜けた文学の仕事の占める位置は、あらゆるものが不可能になる場所、あらゆる危険の中心点、同時にあらゆる危険を無化する点、と規定され、このような偉大なライフ・ワークは、ここ当分は登場しえないとみなすべきものとなります。

回想は過去の事実の模写でなく思い出すまま虚実書き取る

プルーストのイメージは、詩情と現実生活の不一致の生んだ最高の人間観察学の表現であり、このことが、イメージを呼び起こす彼の実験を正当化するモラルです。

周知のように、プルーストの作品は、ある過去の生活をありのままに記述したものではなく、人生の体験を経た人が、この人生を思い出すままに記述したものです。けれどもこれは、まだ不明確で粗すぎる言い方でしかありません。

ここで回想している作者の代わりに主役が演じているのは、作者が体験したことではなく、回想を織り成すこと、つまりオデュッセウスの妃ペネロペの、記憶の糸をたぐる仕事です。むしろ、ペネロペの忘却の作業と言うほうが適切かもしれません。

回想の封筒にまた忘却の紙を差し込むプルーストの筆

プルーストの無意識的な回想、つまり、正確に言えば、非・意図的な回想というのは、ふつう、回想と呼ばれているものより、はるかに忘却に近いと言えます。回想という封筒のなかに忘却という紙を入れる、この無意識的回想の作品は、ペネロペの仕事そのものというよりは、それと好一対をなすものです。

夜と違って、昼間は目標と結びついた回想、目標に縛りつけられた回想が、忘却の織り成す編み細工や、飾り模様を消し去っていきます。だからプルーストは、ついには昼を夜に転じ、暗幕を張った部屋に電燈をつけ、すべての時間を仕事に捧げ、絡み合ったアラベスク模様のひとつも取り逃すまいとしました。

回想は記憶の網の結び目でたぐり寄せると際限がない

人が体験する出来事には限りがあり、それは体験のなかに封じ込められますが、回想される出来事は、それと前後して生じた、すべての出来事へ広がって行くので、際限がありません。作品を統一するのは、著者の人格や作品の筋でなく、純粋な回想だけです。著者ができれば全作品を、一巻のなかに、二段抜きで改行なしに印刷してみたい、と望んだように、それは記憶の綾の帯なのです。

幸福の挫折に見える作品は見かけと違い甘美な結晶

ジャン・コクトーが見抜いたように、プルーストの内部には、闇雲な、常軌を逸した幸福への願いがありました。この切実な幸福への意志は、読者には、あきらめと、強靭《きょうじん》さと禁欲の産物に見えました。生きるのが巧い人にとっては、この偉大な仕事は、労苦と悲哀と幻滅の結実以外の何ものにも見えません。美しいものに、悦楽までが入り込むのは、余りに贅沢で、人生の模範生の嫉妬がそれを許さないはずです。

繰り返し寄せては返す郷愁は超現実を秘めたイメージ

この回想のために、プルーストは友人や社交界と縁を切り、作品でも筋や人物の一貫性、物語の流れ、幻想のたわむれを断念しました。同じような記憶が押し寄せるなかで、ゆがめられた、世界への郷愁が一貫してあり、この世界のなかに、人生のシュルレリスティックな顔が突如現れ出ます。これは決して情熱を帯びた幻想ではなく、予告され、幾重にも支えられ、壊れやすい貴重な現実という様相を帯びたイメージです。このイメージは、プルーストの文章の構造からあふれ出てきます。

謙虚かつ測り知れない人格を鍛えることで時代を描く

他ならぬプルーストだからこそ、十九世紀を回想録として残すことができました。彼以前には緊迫感のない時間の広がりだったものが、後年の作家たちのきわめて多様な流れを呼び起こす力の場となりました。プルーストは、封建的な社会に出入りするのに必要な訓練を怠《おこた》りませんでした。根気よく、無理せずに、自分の使命に必要な性格、測り難くて明敏、謙虚で気難しい性格へと自分を鍛え直していました。晩年には、晦渋《かいじゅう》さと煩瑣《はんさ》とが彼の本性となり、文中の書簡体も挿入の多い文体になりました。経験の本質とは、ことばとしては、わずかな数語で言い表せることでも、実際に経験するのは難しい、と知ることです。ただ、このようなことばが、ある階級、ある身分にしか通じない隠語のようなもので、部外者には理解されない場合は別となります。プルーストが、サロンの隠語に熱中したのはふしぎではありません。その隠語が一般に公開されるようになったのは、比較的最近であります。

プルーストは、サロン生活で、追従という悪徳を、卓抜な次元で身につけ、好奇心という悪徳の修業も積むことができました。

社交場の使用人らの見聞きする世界を真似て文に織り込む

プルーストの真の読者の心を揺さぶるものは、いつでもささやかな驚きです。読者は多様な文体の遊びのなかに、社交界で生き抜くために作家が出会ったものは、読者とはまったく異質であったことを発見します。プルーストが、使用人の人間研究にも夢中だったことにも触れなくてはいけません。彼が以前には出会わなかったある要素が、彼の神経を刺激したのか、それとも使用人たちが彼の興味をそそる物事についてよく知っていることを羨《うらや》んだのか、定かではありません。いずれにせよ、多種多様な人間像の使用人の観察は、彼の情熱の的でした。上流社会の従僕たちの役わりを抜け目なく真似る場合、この真似には限界があるでしょうか。彼自身が洩らしたように、見ることと真似することは、同一の事柄だったので、彼は使用人の追従を真似るしかありませんでした。

人の持つ愛や我執《がしゅう》や迷妄を暴く作家も経済に黙す

プルーストの好奇心には、探偵趣味が混入していました。自我とか愛とかモラルの持つ迷いと夢を、容赦なく目覚めさせていく作家が、彼の芸術を、彼の階級が生きていくのに最も重要な秘密、すなわち経済上の秘密を覆う、ヴェールにしています。プルーストにあるのは、容赦ない作品の厳しさであり、自己の階級をリードしている男の徹底した過激さです。彼は実行すべきことを、この階級の作家として立派に実行しています。この階級が、戦いの終わりでその全貌をはっきりと知らせてしまうまでは、彼の仕事の偉大さは、未発見のまま残されることになるはずです。

年齢を重ねながらも繰り返し過去を呼び出す作家の宇宙

プルーストの読者は、永遠と陶酔が待っている敷居をまたぐ客人です。プルーストによって展望を開かれた永遠は、組み合わされた時間であって、無限の時間ではありません。この時の流れは記憶のなかに、年齢を重ねるなかに、中心を占めています。年を取ることと、回想すること、この相反することをどこまでも追跡して行くことが、プルーストの世界の核心に、複雑に交錯した宇宙のなかに、押し入って行くことです。

あの過去が刹那《せつな》のうちに蘇えり全生涯が照らし出される

運命の予想外の一致を、現実の生活で描き出すことができた唯一の作家が、プルーストです。それは、無意識的な記憶、年齢に逆らう若返りの力の作用です。過去に存在したものが、「刹那《せつな》」のうちに映し出されるとき、若返りの作用がその記憶を素早くとらえます。登場人物スワンが、最後に、コンブレの周辺を歩き回って錯綜した道を発見したとき、一瞬にして風景が、まるで幼児のように激変します。プルーストは、ある世界経験が、一生分も年取らせるほど時間を凝縮して人をとらえる、という途方もないことを成し遂げました。ふつうは枯れて死んでいく記憶が、電光石火のように生命を燃やし尽くします。この集中こそ、若返りに他なりません。省察でなく、過去の現前が、プルーストの方法です。真のドラマを生きる暇がないと気づかせることで、作家の心は満たされます。

収穫の網の重さを感じ取り記憶の束を病床で書く

プルーストは、つねに神経性喘息の死の恐怖と向き合っていました。病理学的な文体論があるならば、この創作の最奥部へと読者を誘います。鋭敏な嗅覚、視覚、印象の強さ。回想は漁師の網の収穫の重さのように、読者に伝わります。創作と病気は共生し、プルーストは病床の上に、仰向けに寝たまま、無数の紙片を筆跡で埋めて、それを自らの小宇宙の創造に捧げました。

◎「フランツ・カフカ」

無理やりにさせた署名に自らの名が書いてある書記の不条理

こんな話があります。ロシアの女帝カタリーナの政治顧問ポテムキンは、ひどい憂鬱症に罹《かか》っていました。棚にはポテムキンの署名なしには決済できない書類が山と積まれ、高官たちは途方に暮れていました。官庁書記のシューバルキンは書類の束を小脇に抱えて、ポテムキンの部屋に押し入り、ペンにインクをつけて、無言のままポテムキンの手に握らせ、次から次へと書類に署名させました。誇らしげに書類を打ち振り、控えの間に戻って来たシューバルキンは、目を疑いました。どの書類を見ても、シューバルキン、シューバルキンと書き込まれていたのです。

この話はカフカの作品より二百年まえに、その前触れとして先駆けて行く使者のようです。このなかに隠されている謎は、カフカの謎です。官庁と書類棚、住み古された古い部屋。これは、カフカの世界です。

すべてを軽く受け取って、結局、何も得ることなく立ち尽くしているシューバルキンは、カフカの小説『城』の主人公Kであります。遠く離れた部屋で、だらしなく夢うつつに日を送っているポテムキンは、カフカの場合、裁判官として屋根裏部屋に、書記として城のなかに住んでいる、権力者の祖先と言えます。彼らは、高位にあって、没落した人々です。ところが、門番や老衰した役人がこの役を演じることがあります。また息子に対して、老いた父親が、無駄な権力を振りかざすこともあります。

世界とは神の頭に浮かび出る虚無の思考のただの残骸

『審判』からもわかるように、カフカの小説の訴訟は被告たちにとって、望みのないものです。カフカの手によるユニークな人や物を美しく見せているのは、この「望みのなさ」かもしれません。カフカはある対談で、「私たちは神の頭のなかに浮かび出る虚無的な考え、自殺の思いつきそのものである」と言いました。また「私たちの世界は、神の不機嫌の一例、どうもおもしろくない一日、という程度のものだ」とも言っています。「世界の外に、希望は大いにある。ただ、その希望は私たちにとってのものではないのだ」。

絶望の家を逃れた少数が幼年時代の夢を奏でる

この発言は、きわめて奇妙なカフカの描写への橋渡しをしてくれます。ある一群だけが、絶望の家庭の懐から離脱していて、その人々には希望が残されています。小説『城』に登場する助手は、絶望の家庭から、免れています。彼ら及び、その同類には、希望が残されています。拘束力もなく、彼らを支配しているものとは、生き物たちが背負わなければならない、憂鬱な掟であります。彼らは浮いたり沈んだりしながら、敵とも隣人とも見間違えられ、人生をほとんど終えながらも未熟であり、疲れ切っているのに生涯の出発点に立っています。

カフカでは、わずかに、ギリシア神話の『オデュッセイア』の妖精セイレンだけが、神話の影を残しています。セイレンは、「歌よりも、もっと恐ろしい武器を持っている……それは沈黙である」とカフカは言います。

カフカの場合、確かにセイレンは沈黙しています。カフカの世界では、歌と音楽は逃走の一表現、ないし逃走の痕跡のようなものです。『城』に出てくる助手も、この希望の残された例外者の世界に住んでいます。ここには、はかない幼い日の何かがあります。二度と訪れない幸福の何かがあります。ささやかな、とらえきれない悦びがあります。

カフカには予言や神に頼らない民衆の持つ気遣いがある

カフカの深さには、「神話的予言」も「実存の神学」も与えることのできない基盤、ドイツおよびユダヤの民間伝承という基盤があります。カフカは祈ったことはありま

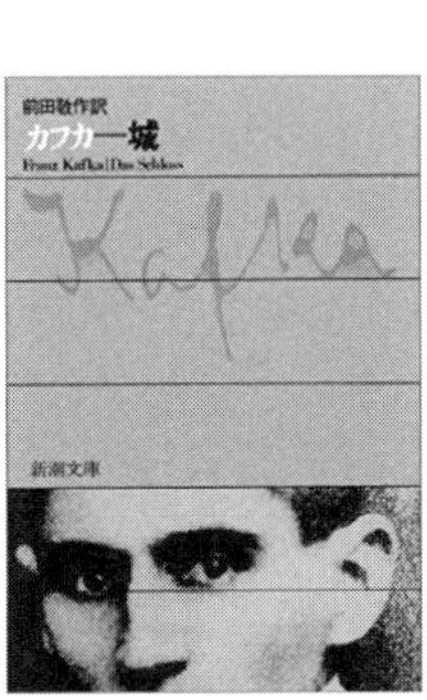

フランツ・カフカ『城』（新潮文庫、一九七一年）

せんでしたが、民衆のよく行き届いた心遣いを持っていて、この心遣いのなかで、すべての生き物を抱き止めたのです。それは、聖者たちが祈りのなかに生きるものへの心遣いを封じ込めたのと本質は同じです。

ユダヤ的訓話を離れカフカでは愚者の自由が残された道

文学の世界で、カフカほど神話を批判した人は居ないと言われます。カフカは「正義」という語を用いていませんが、この神話批判の行われる起点は、正義であります。カフカはユダヤ教の訓話を離れて、正義への旅の掟を発見しました。それは、『ドン・キホーテ』の従者、サンチョ・パンサという冷静な愚者の生き方でした。小説『新弁護士』に出てくるアレキサンダー大王の軍馬、ブツェファルスは、阿鼻叫喚の戦場を離れ、愚者の自由を手に入れたのです。

第四章　パサージュ論

『パサージュ論』第1巻

◆十九世紀パリのパサージュ

パサージュは流行品を売るパリの十九世紀のよき遊歩街

ベンヤミンは、生涯最後の未完の大作、『パサージュ論』の大量の原稿を残し、一九四〇年、アメリカへの亡命を阻まれて、モルヒネを大量に服用して、自ら命を絶ちました。

パサージュというのは、パリにある屋根付きの遊歩街、ショッピングモール、アーケードのことを指します。パリのパサージュの多くは、一八二二年以降の十五年間に作られました。

そこに大量の品揃えを誇る流行の品を売る店が立ち並んだのも、景気がよかったからです。特に、織物取引が順調だったのです。この立ち並ぶ流行品店は、百貨店の前身であります。この消費社会の夢の街路が、ベンヤミンを魅了しました。

ガス灯と鉄骨製の建物が心揺さぶる美の遊歩街

パサージュは、高級品が売られるセンター街でした。パサージュを飾り立てるために、芸術が商いに仕えています。同時代の人々は、このパサージュを賛美して止みませんでした。

その後も長らくパサージュは、よそからの旅行者を魅惑しました。パサージュの時代は、最初のガス灯がお目見えした頃でもあります。パサージュの成立のもうひとつの条件は、鉄骨建築が始まったことです。鉄は住宅に使うのは避けられ、パサージュや博覧会場や駅など、移動のための一時的な建物に使われました。

同時に建築にガラスがふんだんに使われるようになりました。このガラスの使用は、ユートピアのイメージを掻き立てました。時代を先取りした新しい建築は、人々の願望のかたちであり、人々は社会の出来の悪さや欠点の穴埋めをして、社会の看板を素晴らしく見せようとしました。

ふんだんにガラスを使う新しい歩道に宿る楽園の夢

このような願望のかたちには、時代遅れになったものと一線を画そうとする傾向が現れています。この新しい夢は、階級のない社会へのユートピア願望をかたちにします。十九世紀フランスのユートピア思想家のシャルル・フーリエは、労働なき楽園の

◎エクトール・ギマール（一八六七—一九四二年）によるパリ地下鉄の入口。

イメージをパサージュのなかに見ていました。パサージュをイメージした協働生活体の都市を、フーリエは夢見ていました。

集団の夢見るものを具現した遊歩街こそ歴史を語る

このようなパサージュにベンヤミンがこだわるのは、それが集団的無意識や願望の作り出したものであり、ユートピア願望の先取りされたかたちだったからです。「技術文明の進化と集団的願望の生み出したもの」を考察することが、ベンヤミンを惹きつけたのでした。いわば、パサージュは無意識の集合体でありました。資本主義とユートピアが交わる、夢の装置がパサージュでした。

パノラマの動く風景展示館　田園情緒を街に取り込む

鉄の建築が芸術を離れて夢のオブジェとなったように、絵の延長のパノラマでも同じことが起きました。パノラマは、立体風景展示館です。パノラマは写真を超えて、映画の先駆けとなりました。都市の人間は、このパノラマによって、田舎を都市に取り込もうとしました。街の遊歩者にとっては、それは都市が田園風景になるのと同じことでした。

十九世紀の科学者、フランソワ・アラゴは、写真の可能性について論じましたが、初期の写真は肖像画と比べて、芸術的に優れていました。撮るのに時間が掛かるので、被写体に高度な集中を必要とし、初期の写真家が前衛芸術家であり、モデルも進んだ人々だったことが功を奏しました。

写真とは無名の人や風景をイメージとして商品化する

十九世紀ベルギーの画家、アントワンヌ・ヴィールツという人は、写真の政治的な利用の可能性を指摘しました。これは、写真の政治利用の技術としての、後の映画のモンタージュ技法の出現を先取りしていました。また写真は、今まで目立たなかった人物、風景、事件を、いくらでも市場に提供できるようにしました。

こうした大衆消費社会の初期のシンボルとして、パリの遊歩街＝パサージュがベンヤミンをとらえました。パサージュは、集団的願望の考察に特別な位置を占めていたのです。

◆消費社会の夢

万博は商品を神に仕立て上げ幻想的な遊び場を作る

この頃人を魅了した万国博覧会とは、商品という物を神に見立てて、巡礼して回る所です。全ヨーロッパが商品を見るために移動したと言われています。万国博覧会は、商品の交換価値を美化します。ここでは、商品の実際の使用価値は退いてしまいます。

万博は幻想空間を切り拓き、そのなかに人が入るのは気晴らしのためと言えます。娯楽産業のお陰で、この気晴らしが、容易に得られるようになります。

商品を王座に就かせ、その商品の輝きが気晴らしをもたらしてくれます。十九世紀フランスの画家、J・J・グランヴィルは、自分の描いたものが、特選品としての価値を持つことを目指しました。消費社会はこのグランヴィルの夢を、すなわち商品が特選品として広告されることを実現しました。

モードは生ける肉体を物神化します。物に執着を感じるフェティシズムこそが、モードの生命の核心です。商品崇拝は、この物への執着を商売のために使います。一八六九年のパリ万博で、資本主義文化の夢は輝かしい眺めを見せました。

室内に私的な個人は閉じこもり物の宇宙を周りに作る

十九世紀に、個人の私的な生活の場は仕事場と切り離され、生活はまず、室内で行われるようになります。私的な個人は、仕事や社会を忘れて、幻想的な室内作りに精を出します。私的な個人にとっては、室内こそが宇宙なのであって、彼はそこに異国情緒や失われた過去を収集します。室内は芸術の避難場所であり、室内の真の主人は収集家です。彼には物を持つことで、物から商品の性格をぬぐい去るという終わらない仕事が待っています。収集家が夢みるのは、異郷の世界や過去の世界ばかりでなく、同時に、よりよき世界です。そこでは、物が有用性から解放されるのです。住むということは、そうやって室内に痕跡を残すことです。

◎ナダールの写真「パリの地下道」

◆遊歩者《フラヌール》の視線

遊歩者のボードレールは街並みを夢に見立てて幻影を歌う

憂鬱を基調としている詩人ボードレールの天分は、詩の読み替えの天分です。ボードレールの見立てによって、パリが抒情詩の対象となります。

それはパリを見据える詩人の見立ての視線、よそ者の視線です。それは、遊歩者(=フラヌール)の視線であって、大都市の生活者の悲惨さに一筋の光を投げ掛けています。遊歩者は、大都市の隅《すみ》、市民社会の隅に立っています。彼は群集のなかに避難場所を求めます。群衆とは一種のヴェールであって、それを通して見ると、遊歩者の目には見慣れた都市が幻の夢として映ります。

群衆のなかで、都市はある時は風景となり、またある時は居間になります。その役わりをやがて百貨店が作り出します。百貨店は、ぶらぶら歩きさえ、売り上げに利用します。

遊歩者としての知性が、市場に出向きます。市場を見物するためだと言いつつも、実際は買い物のためです。知性は遊歩街では、根無し草のかたちを取ります。

ボードレールの詩は、このような人々から活力を得ています。ボードレールの詩においては、女性と死がパリの景色と混ざり合っています。彼の詩は暗いユートピアであり、フェティッシュ(物神)としての商品も、そこでは夢のかたちであります。遊歩者たちの仮の住まいであり、通路であるパサージュも、このようなユートピアの幻の夢のかたちです。

◆資本主義のユートピア

空想のかけらが市場に出始めて消費社会の到来を待つ

富裕層の空間の廃墟について、仏文学史で初めて語ったのは、文豪バルザックでした。けれども二十世紀のシュルレアリスムこそが、この廃墟への目を開いてくれました。十九世紀の願望のシンボルを表現している建物がまだ崩されずにいたのに、生産力の発展が街並みを変えてしまいました。

十九世紀には、生産力の発展が、鉄やガラスの加工や写真やパノラマを、それまでの芸術から独り歩きさせました。当時、空想の産物が商品イメージとして実用化できる兆しが見えました。文学は、新聞の片隅に追いやられます。パサージュの時代には、こうした空想の産物はすべて市場に出ようとしていますが、まだ消費社会の手前でためらっていました。

パサージュと収集家の室内空間、博覧会場とパノラマ館は、このためらいの時代の産物です。それらは、夢の世界の残りかすでありました。

目覚めつつ過去の時代の夢たちを活かして前へ進む哲学

目覚めるときに夢の諸要素を活かすのが、よき哲学のスタイルであります。いつの時代も次に続く時代を夢見るものですが、それだけでなく、夢見ながら、目覚めに向けて進むものです。私たちは、資本主義のユートピアの夢の終わりを見届けることになります。

商品経済が揺らぎ始めるとともに、富裕層が築いた夢の記念碑、すなわちパサージュや収集空間、博覧会やパノラマは、それが実際に崩壊する以前に、すでに空洞化しているのを、私たちは振り返ってみることができます。

話をパサージュに戻すと、商いと交通は街路の二大要素です。

パサージュでは、交通の要素は死に絶えていました。交通は、パサージュに痕跡としてのみ、残っています。街路は商いに対してのみ、色目を使い、欲望を掻き立てることにしか目を向けていません。こうした街路では、交通が滞っているため、商品が行く手をふさぎます。遊歩者は交通を滞らせます。

百貨店の創立とともに、歴史上初めて消費者が自分を群衆と感じ出します。それとともに、商いの持っている誘惑的な、人目をそば立たせる要素が、途方もなく拡大して行きます。

哲学者がモードに熱烈な関心をそそられるのも、モードがとてつもなく未来を予感させるからです。確かに、芸術が現実を先取りしてとらえていることは、よく知られています。けれどもモードは、未来に対して遥かに確かで詳しいことを教えてくれます。それは、先行きを感知する女性たちの類まれな嗅覚のためです。

やがて来る先の時代の暗号もモードを作る嗅覚は知る

来るべき季節の信号を読む術を心得ている者なら、新しい法律や戦争や政変のことまで判ってしまいます。ここにこそ、モードの最大の魅力があると、ベンヤミンは言っています。

遊歩者が群衆になり、大々的な消費社会が忍び寄る足音を、ベンヤミンは過去の街並みのなかに感じ取っています。そこではモードが予言者となり、巫女となります。

このように、ベンヤミンはパサージュの街並みを、集団的な願望の現れとしてとらえ、資本主義の過去と未来をそこに見ています。

◆収集家

役に立つことを離れた物たちは収集により全体を成す

ベンヤミンは、パサージュ論のなかで、コレクターという存在に特別な関心を寄せています。そこには、人と物のユートピア的な関係があるからです。収集において決定的なことは、物が本来の役わりから切り離されて、他の物たちと緊密に関係するようになることだ、とベンヤミンは言っています。この関係は、有用性と真っ向から対立するものであり、それ自体で完結しようとします。それは、単なる顔を持たない物を、特別に作り上げた括《くく》りに入れることで、つまり収集することで光を当てる、素晴らしい試みです。

この体系のなかで一つ一つの物は、収集家にとってあらゆる情報を集成した、全集となるのです。個々の物を魔法の圏内に封じ込めるのが、収集家の奥深い悦びです。

プラトンの言う天上界は、収集家に馴染みがないと思ってはいけません。彼の感覚世界を取り巻いている霧の海から、彼がたった今手に入れたばかりの収集品が、くっきりと浮かび上がってくるのです。

占拠する収集物の内側に世界が宿り秩序を作る

真の収集家は、物をその役わりから解き放ちます。そこに利害を離れた観察が行われることで、収集家は目利きとしての眼を手に入れます。収集家にとっては、収集物のうちに世界が宿り、しかも秩序づけられていることを、知らなくてはいけません。それは思いがけない秩序であり、ひとつの収集品を見れば、収集家は占い師のように、そのオブジェの過去を見通すことができます。

室内に収集された物たちは無意識の生む夢のカタログ

所有は触覚的なものであり、視覚的なものに、ある意味で対立しています。収集家は触覚的な本能を持った人間です。遊歩者はふらふらと商品を見て回る人間で、収集家は、手に入れた物の手応えを楽しむ人間です。ベンヤミンにとって、収集された物の体系は、夢見られたものの体系であり、具体化した無意識のカタログと言えます。

◆室内、痕跡

様々な様式たちの作り出す市民の夢は広告の故郷

ドイツの二十世紀の作家、編集者、翻訳家のフランツ・ヘッセルは、十九世紀を「夢見がちな悪趣味の時代」と言っています。確かに、この時代はまったく夢に合わせて作られていて、夢をもとに家具などが作られました。ゴシック風、ペルシア風、ルネサンス風などが混在しました。市民風の食堂の室内にチェーザレ・ボルジア風が入り込み、婦人の居間はゴシック風で、主人の居間はペルシアの首長風であったりします。

このようなかたちを人の目に焼きつけているモンタージュ写真は、こうした人々の基本的な感覚の型に即しています。このような生活感が息づいた諸々のかたちは、少しずつ、インテリアから切り離されて、広告、貼り紙、ポスターに現れるようになりました。室内は市民の見る夢の展示場であり、やがてそのイメージが独り歩きして、広告のイメージとなって、街にあふれ出すのです。

室内は人の夢見た痕跡で古物は精神分析に足る

偉大な収集家の住まいの眺めをじっくり観察すべきです。そうすれば、十九世紀の室内を理解する鍵となります。収集家の集めた物が、しだいに空間を占拠して行くように、十九世紀の室内では、あらゆる世紀の様式の名残りを収集して取り込もうとする家具が、徐々に空間を占めて行くのです。

住むということは、一つの容れ物を、人の心に刻むことです。我が家に居ながら、郷愁を感じること。それこそは回想の技法です。そのためには、物思いに熟達していなければなりません。これこそが、室内を作る定式となります。室内というのは、住む人の夢の痕跡であり、失われた夢の復元図として、読みとくのに値する兆しです。ベンヤミンはオブジェの夢の精神分析というようなことを考えていました。

◆ボードレールと十九世紀後半のパリ

引用でボードレールの眼から見たパリの街路が動き始める

ベンヤミンは、詩人ボードレールの書いた文章の一節や、他人が書いたボードレールについての文章を集め、短いコメントを多数書き足しました。ベンヤミンはすべて引用から成る本を書いてみたいという願いを、日頃から打ち明けていました。このボードレールの抜き書きで、ベンヤミンの日頃からの願いがほぼ叶えられたとともに、引用を並べて読んで行くうちに、ボードレールの眼から見た、十九世紀後半のパリの姿が、浮き上がってきます。

すなわち、現代の消費社会になるまでの近代の故郷が、都市のユートピア的な幻影が、ボードレールという遊歩者の視線で点描されることになります。

ボードレールは、十九世紀フランスの画家、シャルル・メリヨンの描いたパリの建築について、次のように書いています。

◎シャルル・メリヨン（一八二一―六八年）フランスの彫刻家。

「ノートルダム寺院の後陣」

「人生の栄光と苦難を経て年を重ね、老いた、首都の深みある複雑な魅力。巨大な都市の自然な荘厳さが、これ以上、詩情にあふれて描かれたのを、私はめったに見たことがない。積み重ねられた石材の荘厳さ、天を指さす鐘楼、天空に向けて煙の同盟軍を吐き出す、産業の記念碑。修復中の記念建造物の驚嘆すべき足場が、建築のしっかりした本体に、かくも逆説的に美しい副建築となって張り着いている様子。怒りと恨みをはらんだ荒れ模様の空。あらゆるドラマがそこにあることを、深く感じられる奥行き。都市の陰鬱な壮麗さ。」

このような文章の切り貼りのうちに、ベンヤミンはボードレールの眼を借りて、パリの近代の情景を見ること、消費社会の故郷を遊歩することを学びました。ボードレールについての文章を抜き書きすることで、ベンヤミンは、ボードレールの十九世紀後半のこころの陰影を、浮き彫りにする仕事に取り組んでいます。

◆ボードレール文学の特性

切り取った文を巧みに配置してその読みときを共に味わう

「ボードレールの哲学的で文学的なカトリシズムには、神と悪魔のあいだを占める、中間的な場所が必要だった。『冥府』というタイトルは、ボードレールの詩篇のそうした位置づけを示すもので、これによって、ボードレールが定めようとした詩篇の順序が、一層はっきりとわかるようになったのである。その順序とは、ある旅の順序、つまり「地獄」「煉獄」「天国」を巡る、ダンテの三つの旅のあとに来る第四の旅の順序なのだ。」

このような文章を抜き書きすることによって、ベンヤミンは自分の言いたいことを代弁してくれる文章の断片を集めています。これこそまさに、私の言いたいことだ、というベンヤミンの心の声が聞こえてくるような覚え書きです。一見関係のない文章を巧みに配置することで見えてくる絶妙なつながり、目に見えない文脈。それを自分も眺めて楽しみ、読者にも共有してほしいという願いが、パサージュ論からは伝わってきます。

永遠と内なる深みの結合を歌う詩人に心打たれる

ヴァレリーは、ボードレールにおける「永遠と内なる深み」との結合について語っている、とベンヤミンが書くとき、ベンヤミンもまた、ボードレールの永遠と内なる深みの結合に、大きく共鳴しているのです。

ボードレールの才能は、それ自体、デカダンスの温室に生えた、悪の華です。ボードレールには、ダンテ的なものがありますが、それは一つの没落した時代のダンテであり、無神論者のダンテであり、遊歩的哲学者・ヴォルテールの後にやって来たダンテだと言えます。
ベンヤミンは、他人の断片によって語らせる手法で、パサージュ論を書きました。そこには収集家ベンヤミンの書かざる声が、あちこちに響き渡っているのです。

◆魔性と幸福

魔性とは現代性が教会のカトリシズムと出会う瞬間

現代的なものと悪魔的なものの結びつきと題して、ベンヤミンはボードレールの文章を抜き書きしています。

「現代の詩は、絵画にも、音楽にも、彫刻にも、アラベスク芸術にも、嘲笑的な哲学にも、分析的精神にも、通じている。ひょっとしてそこに、堕落の兆しを見る者があるかもしれない。(…)私が言いたいのは、現代の芸術には本質的に悪魔的な傾向があるということだ。そしてどうやら、人間のそうした地獄的な部分は日に日に増大しているようである。まるで悪魔が飼育業者に倣い、自分用によりおいしい食糧を用意しようとして、自らの家畜小屋で辛抱強く人類を太らせ、人工的なやり方で悪魔的な部分を肥大させるのを楽しんでいるかのようだ。」

そしてベンヤミンはひと言付け加えています。「悪魔的なものという概念は、現代性がカトリックと結びつく場合に出現する。」

ボードレールは、哲学的芸術という文で、次のように述べています。

「場所、背景、家具、道具。そこではすべてが寓意、暗示、象形文字、判じ物である。」

芸術の過去の記憶の断片がかたちを変えて読みときを待つ

これはベンヤミン自らの芸術論と重なっています。芸術には、忘れられた記憶の断片が、判じ物として、読みとかれるのを待っている謎として、本来とはかたちを変えて、散りばめられています。批評家は、この手掛かりを組み合わせて、作者の過去の幸福な記憶を復元する精神分析家であり、考古学者です。

彼は自分に似た芸術の見方を、つまり自分の先例を、ボードレールのなかに見ています。ベンヤミンにとって、ボードレールは、単なる過去の詩人ではなく、自分の思考の伴走者であったと言えます。

◆ボードレールの流儀

カフェで詩の朗読をする街角に自分も立って経験をなぞる

ボードレールの詩の朗読の仕方。

「彼はドーフィーヌ街のどこかの地味なカフェに、友人たちを集めるのだった。詩人はまずパンチを注文し、それからわれわれが聞く気持ちになっているのがわかると、気取って、快く、フルートのように高く、なめらかで、にもかかわらず鋭い声で、われわれに『人殺しの酒』という詩とか、『腐った肉』という詩のような、何か並外れたものを朗読するのだった。イメージの激しさと朗読の仕方の上辺の温和さ、心地よいとんがり調子のアクセントのつけ方との間のコントラストは、実に驚くべきものだった。」（ジュール・ルヴェロワ『世紀中葉――批評家の回想録』パリ、一八九五年、P93～94）

この文章を抜き書きすることで、ベンヤミンはボードレールの生きた時代の息吹を、失われた古き良きパリの時間をたどり直し、追体験し、生き直そうとします。プルーストの『失われた時を求めて』の一部のドイツ語訳を行ったベンヤミンですが、この「失われた時を求めて、書き続ける」というのは、ベンヤミンのいちばんの特徴でした。

個人的には、幼年時代の幸福な記憶を復元することを追求したベンヤミンですが、パサージュ論では例えばボードレールの内面を再現することで、失われたパリの面影を追い求めていました。

ガス灯や病院、賭博、飲んだくれ、街の女性を完璧に書く

ベンヤミンが言うには、ボードレールは、告白のような穏やかな調子で自分を語り、霊感を受けた振りをしなかった最初の詩人です。初めてボードレールが娼婦や街頭に点るガス灯、レストランと換気口、病院、賭博、猫たち、ベッド、ストッキング、飲んだくれ、モダンな香水を都市のありふれた住民の立場から語りましたが、高貴に、距離を置いて、完璧に描き出しました。

ボードレールは、パリの街並みを絶妙の距離感で眺め、語った遊歩者です。ベンヤミンもまた、遊歩者として、現代の起源を探し求めた哲学者だと言えます。

『パサージュ論』第3巻

◆集団的な夢としてのパサージュ

パサージュは過去に埋もれた群衆の集団的な夢の結晶

十九世紀の人々の集団的な夢のかたちが浮かび上がってくるのが、遊歩街・アーケードのパサージュです。歴史を振り返ると、かつてあったものの、未だに意識されない知識が埋もれていて、この知識の掘り出しによって、その時代に隠れていたものを目覚めさせることができます。かつてあった夢の痕跡を掘り起こして、集団的な夢の結晶であるパサージュを復元するのが、ベンヤミンの望みです。

資本主義というのは、夢に満ちた眠りが時代を襲う現象であり、その眠りのなかで想像力の活性化を伴うものでした。モードも建築も、それが生きられる瞬間の暗闇のなかに身を置いていて、集団的な夢の一部に属しています。

街なかの冬用温室庭園は十九世紀の見たユートピア

十九世紀のパリの人が語るには、彼らがとりわけ熱望していて、その寒さ対策で第一に必要とされる施設とは、冬用温室庭園です。都市の中央に、住人の大部分を収容できるような、広大な土地をドームで取り囲む夢を実現したいというのです。

パサージュや十九世紀の理想の建築は、現代を先取りする十九世紀の集団的な夢の形象であり、ユートピア願望の痕跡でもあります。

ベンヤミンによれば、記憶の機能は印象を保護することであるのに対して、回想は印象を却《かえ》って覆い隠して遠ざけてしまいます。記憶の内容を成すものとして、無意識にしまわれた素材があります。プルーストが語るように、無意識を形成する眠りに、記憶のかけらが刻み込まれ、解けなかった謎の鍵が与えられます。

◆夢の家

集団の夢の家とは遊歩街、パノラマ館や蝋人形館

夢の家として、見世物小屋やパサージュのパノラマ館、古代都市ふうの装飾と屋内の噴水には、目を見張るものがあります。ある人が言うには、フランス人を魔法の杖の一振りで古代人に変えたいと思う人がいます。これほど多くの突拍子もない発想や発明品は、空想家の気紛れの産物です。

集団の夢の家とは、パサージュ、冬用温室庭園、パノラマ館、工場、蠟人形館、カ

ジノ、駅などのことだとベンヤミンは書いています。こういう場所に、十九世紀の集団的な夢の形象が現れていると言うのです。

科学的見地で建てた悪趣味な博物館は夢の産物

集団の夢の家の、最も際立ったかたちのものが、博物館です。博物館には、いっぽうでは学問的な研究としての意味があり、他方では悪趣味な時代の夢の要請に応えるという逆説があります。十九世紀は、過去にどっぷりと浸かる傾向があったので、博物館を発展させました。パサージュ論は、過去へのこうした渇望を扱っています。博物館の内部は、巨大になってしまった収集家の室内と言えます。

新しい教会も絵の会場も消費社会の夢の住む家

パサージュの夢の家は、教会のなかにも見出せます。パサージュの建築様式の、宗教建築への波及が見られます。その内部は、教会らしくありません。壮麗な天井は、舞踏会用ホールを飾るのにふさわしく、ブロンズのランプは優雅な喫茶店から調達したもののようです。

また、百貨店と美術館の間には関係があって、両者の境界で市場が橋渡しをしています。美術という商品が通行人の前に大量に提供されると、通行人は自分もその一部にありつけるという考えを起こします。

いずれも、夢の家が資本主義のユートピア的な場所であったことを示しています。

◆遊歩者の考察

遊歩者は街の景色に誘われて幼年時代の過去へ行き着く

街並みは、遊歩者（＝フラヌール）を、はるか遠くに消え去った時間へと連れて行きます。街並みは、遊歩者をある過去へ引き戻します。この過去は、常に、ある幼年時代の時間のままです。だがそれが、彼自身が生きた幼年時代の時間である必要はありません。パサージュは人を、ノスタルジーの時空へ誘い込むのです。

長い間あてどもなく街をさ迷った者は、ある種の陶酔感に襲われます。一歩ごとに、歩くこと自体が大きな力を持ち始めるのです。それに対して、立ち並ぶ商店の誘惑、ビストロや女たちの誘惑は、小さくなります。次の曲がり角、はるか遠くの茂み、通りの名前などの持つ魅力が逆らいがたいものとなって行きます。やがて空腹に襲われます。けれども、空腹を満たしてくれる何百の場所など、彼にはどうでもいいのです。彼は、見知らぬ界隈を徘徊し、最後には疲れ果てて、自分の部屋に帰り、崩れ落ちるように横になります。このように、ベンヤミンは、遊歩者の一日を追体験してみせます。

遊歩者というタイプを作ったのは、パリの都です。遊歩者にとってパリは、風景として開かれてきますが、また彼を部屋として包み込みます。

街並みにはるかに遠い風景がふと入り込み陶酔に誘う

遊歩の際に、空間的にも時間的にもはるかに遠いものが、今の風景と瞬間のなかに侵入してくるのは、知られている通りです。こうした状態の陶酔が始まると、この幸福な遊歩者の鼓動は速くなり、パノラマにそっくり入り込んだような状態になると、ベンヤミンは言います。

遊歩者は、ひとつの逆説です。一方で彼は、誰からも注目されていると感じて、まさにいかがわしい存在です。他方で彼は、全く人目に触れない、隠れ籠った存在です。おそらくは、群衆のなかの男が繰り広げているのは、この逆説です。他人に見られていながら匿名で、孤独な存在が遊歩者の二面性です。

プルーストは遊歩について、こう書いています。

「突然一つの屋根、石ころに反射する太陽の光、道路の匂いが私の足を止めるのだ。それは街が私に贈ってくれた特別の快楽でもあるが、その背後に隠し持っているものを取りに来るように誘いながら、それを拒んでいるような感覚である。」

ここを読むと、風景についての新しい見方が成立してくる様子がはっきりと窺《うかが》えます。それは、遊歩者の聖地としての都市風景であるとベンヤミンは付け加えています。パリの街中においても、文字通り山越え谷越え歩けるのは、とても素敵なことです。

遊歩がパリを室内へと変え、一つ一つの部屋が街の区画となり、一つの住居に変える面もありますが、他方、このパリの街もまた散歩者の前で一切の敷居を失って、周囲に風景として山や谷のように開かれて行きます。

幸福な予定を立てる遊歩者が夢みる者の理想のかたち

また、一八三九年には、散歩するときに亀を連れて行くのがエレガントとされていました。これはパサージュを遊歩するテンポを想像させます。夢見ながら、午後の時間を、夕暮れの網のなかに取り込む最上の方法は、さまざまな計画を立てることです。「計画を立てる遊歩者」というのが、夢見る者のひとつの理想形だと言えます。

◆街路を家とする人々

遊歩者の居心地のいい町並みはもはや皆の住み慣れた部屋

ベンヤミンによれば、街路は集団の住居です。集団は永遠に不安定で、永遠に揺れ動く人たちで、集団は街並みで、自宅の壁に守られている個人と同じくらい多くを体験し、見聞し、考案します。こうした集団にとっては、明るく輝く広告の看板が、市民の客間の油絵のように壁飾りとなり、貼り紙禁止になっている壁が、集団の画布であり、新聞スタンドが図書館であり、ベンチがベッドで、カフェが出窓となっているとベンヤミンは言います。

路上の労働者が上着を掛けている金網があると、そこは玄関であり、抜け道は部屋の入り口で、パサージュは客間です。街路は大衆にとって、住み慣れた室内なのです。

こうした公私の空間の転倒に、ベンヤミンは魅かれ、街の室内化、集団の親密な空間としての街並みに、現代的な群衆のライフスタイルを発見しました。

遊歩者は通行人の顔つきで仕事や過去を読む名探偵

また、遊歩者の楽しみのひとつは、通行人の職業と素性と性格を、顔から読み取ることです。遊歩者は通行人の観察者であり、探偵となります。そういう所に、ベンヤミンは都市の交流の新しい型を見ています。

十九世紀にできた駅、展覧会ホール、百貨店は、すべて集団的なことがらを対象としています。このような、手垢《てあか》のついた、日常的な建物にこそ、遊歩者は引きつけられるのです。こうした場所では、巨大な群衆の登場が、予告されています。そこは、個人が他人に自己顕示した場所でした。ここにも、人目にさらされながら、人混みに紛れて姿を消す人間の登場がみられます。

◆街の無意識

大都市の幻惑的なイメージが集団的な無意識を成す

パリには、より一般的に大都市には、幻惑的な《ファンタスマゴリー》、イメージというものがあって、想像力に大きな力を及ぼすので、イメージの正確さが問われることはなく、そのイメージは集団的な精神環境を作るほど広く行き渡っている、というロジェ・カイヨワの説をベンヤミンは紹介しています。

大都市はイメージ産出の宝庫であり、集団によってそのイメージが共有され、人の心に浸透しています。

「完璧な遊歩者にとって大多数に脈打つもののなかに、居を構えることは、無限の喜びである。我が家の外に居ながら、どこでも我が家に居る気持ちになること。世界を見つつ、世界に身を隠していること。これが遊歩者のささやかな楽しみのいくつかであるが、ことばではうまく言えない。観察者とは至るところでお忍びを楽しむ、王侯貴族である。観察者は、喜んで群衆のなかへ入って行く。その人を、そうした群衆と同じだけ巨大な鏡になぞらえることもできる。観察者を、意識を具えた万華鏡に、ひと動きするごとに多様な人生が散らばって見える万華鏡になぞらえることができる。」

こう語るボードレールのことばをベンヤミンは好んで書き留めています。

遊歩者は街に眠った無意識と戯れている新しき人

パサージュや街並みは、集団的な夢のかたちであり、そこにくつろぎを見出し、人混みに隠れながら、他人や経済の未来を観察する遊歩者は、街の無意識と戯れる、新しいタイプの自由人でした。

そこにベンヤミンは、集団と個人の夢の交わる接点をみつけて、来るべき本格的な消費社会と群衆のあり方の祖型を見ていました。ベンヤミンは、集団的無意識の分析を素描して見せたのです。

『パサージュ論』第4巻

◆サン＝シモンへの眼差し

現代に道を断たれた革命の夢の萌芽を過去に見出す

十九世紀フランスの、アンリ・ド・サン＝シモンという初期社会主義者が与えた影響に、ベンヤミンは格別の興味を抱いていました。ベンヤミンの時代において、道を断たれた西欧の革命とは異なる、社会主義の有り得たかたちを、十九世紀の初期社会主義に見出そうとしました。彼は夢想としての社会主義の意味を考えました。

サン＝シモン主義者たちは、ロマン主義とともにあった思想の混乱のなかで成長し、一八三〇年には貧民街を出て、中流の町に引っ越せるようになりました。彼らはそこで講演会を開きましたが、聴衆は青い服を着た若者や、紫のスカートに白いシャツの婦人たちでした。

彼らはグローブという新聞を買い取って、社会革命の計画を吹聴しました。政府は、女性解放を説いたという口実で、サン＝シモン主義者を告訴しました。裁判で、サン

＝シモン主義の指導者アンファンタンの服には、「人類の父親」という文字が書かれていました。

労働者の結社は、総じて模範的で、きちんと誠実に運営されていましたが、富裕層は一斉にこれに反対する態度を取りました。

結社に属する店と、他の似たような店とを区別するものといえば、「労働者協会。自由、平等、連帯。」と書かれている看板だけでしたが、富裕層には、飛び掛かるのを待つ蛇のように見えました。一方、結社のほうも、富裕層をなだめて、彼らから援助を得ようとあらゆる努力をしました。

夢想する社会主義者の居た街を過去の時代の風物と見る

こうした理由から、結社の人々はその店をできるだけ素晴らしく飾り、多数の客を誘い込もうとしました。店は立派でしたが、労働者自身の実生活は貧しいものでした。このように、ベンヤミンは、パサージュや街並みを見るように、十九世紀の風物として、遊歩者の眼差しで当時の社会主義の現状を観察しているのがわかります。そこでパサージュ論の流れのなかで、社会主義者の描写を読むことができます。

◆サン＝シモンの社会主義

資本家と労働者にも溝を見ず同じ産業家と呼ぶ余裕

富裕層は、空想的社会主義の信奉者たちを変人であり、たわいない熱狂者であると思っていました。もっとも、こうした信奉者たちもできる限り、そのように見えるようにしていました。例えば彼らは、特別な裁ち方をした服を着て、とてつもなく大きな帽子をかぶり、長いひげを生やしたりしました。

一九一一年、サン＝シモンの生誕百五十周年に際して、オーストリアの社会学者・哲学者のマックス・アドラーが寄稿文を書いています。マックス・アドラーによれば、サン＝シモンは社会主義者でありますが、それは二十世紀に社会主義者が意味するものとは、全く別の意味合いを持っていました。

階級社会については、サン＝シモンは、産業主義と絶対王政の対立しか考えていませんでした。彼は、富裕層と労働者を、ともに産業家とみなし、このうち、より豊かな者には貧しい仲間を気に懸けてやるように要求していると、マックス・アドラーは言います。またアドラーは、空想社会主義者フーリエのほうが、新しい社会形態の必要性をはっきりと見ていたと述べています。

十九世紀、鉄道は財産保有のあり方の変更を迫りました。資産家には、物件の代わりに見栄えのしない紙切れ一枚が渡されました。その形式を支持したのは、社会主義者だけでした。フーリエが最初に、そしてさらにサン＝シモンが財産を株券のかたちで動産化することを称えました。

サン＝シモンとカール・マルクスの違いについて言えば、サン＝シモンは搾取される者の数をできるだけ多く数え、そこに資本家も含めています。彼らは利子を多く支払うからだと言います。これとは逆にマルクスは、たとえ搾取の的となっても、何らかのかたちで搾取している者を、すべて資本家に数えています。

◆サン＝シモンと産業システム

多数者の幸福を追う秩序なら抵抗もなくよく回るはず

十九世紀は新聞が少なかったので、カフェでは何人もいっしょに新聞を読みました。このほかに新聞を手に入れるには、年間八十フランで定期購読するしかありませんでした。自由主義者も王党派も、下層階級を新聞から遠ざけようとしていました。

サン＝シモンによれば、産業システムは人間による支配を必要としないものです。なぜなら、あるシステムの目的が多数者の幸福であるなら、そこでは多数者は秩序の敵ではなくなり、権力維持にエネルギーが浪費される必要もなくなるからです。

秩序を維持する仕事は、妨害する者を抑えるにせよ、異議申し立てを解決するにせよ、容易に全市民の負担とすることができます。彼の考えでは、国家システムは人間を支配するのではなく、事柄を管理することになります。学者、芸術家、実業家が行政の担い手となり、地球の文明化を組織すると言うのです。

大規模な計画を立て働けばやがて理想に届く計算

産業システムの重要な役わりは、社会が達成すべき労働計画にあるとされています。けれどもこの理想は、社会主義より、国家規模の資本主義に近づきます。サン＝シモンの場合、私有財産の廃止や、公的な没収は問題とされません。国家は生産者の営みを公的な計画に添わせるだけです。

サン＝シモンには、彼の経歴を通して、大規模なプロジェクトを立てたがる傾向があります。それは、パナマ運河やマドリッド運河の計画に始まり、地球を天国に変える計画にまで及びます。

ベンヤミンは、サン＝シモンの空想社会主義の夢想を書き記すことに楽しみを感じているように見えます。それは十九世紀の夢の断片を復元する、パサージュ論の意図に適《かな》っています。

◆サン＝シモンの見た夢

中世の宗教的な情熱が各地を結ぶ駅へつながる

サン＝シモンが言うには、今日、文明諸国が鉄道の建設に注いでいる熱意は、数世紀前の教会建立の熱意に匹敵します。一般に言われるように、宗教が「結びつける＝レリガーレ」から生じたとすると、鉄道は、通常思われているよりも、宗教と深い関わりがあると言えます。各地に散らばった人々を結びつけるために、これほど強力な装置はありませんでした。

『フランス政府と現在の閣僚について』(十九世紀の政治家フランソワ・ギゾー著)は、富裕市民層の台頭は、一階級の数百年に及ぶ戦いとして記しています。このフランソワ・ギゾーのことばを引き合いに出して、十九世紀ロシア社会主義の父、ゲオルギー・プレハーノフは、空想社会主義者たちの考えについて、それが理論的にも実践的にも、大きな後退であると言っています。その原因は、当時の労働者階級の発展が弱かったからだと指摘しています。

夢想的社会主義者は来るべき革命の世を幸せに説く

サン=シモンは、労働と社会についてのさまざまな予測で人を驚かせますが、それなのに、何かが欠けていたような印象を与えます。未来を見る人であるはずのサン=シモンは、その頭脳というべき同輩たちが抹殺されたあと、ほとんど単独で思想を構築しなければなりませんでした。社会の組織化の務めを一人でこなすため、彼は多忙を極めました。

「新時代の詩人であると同時に、実験家であり、哲学者であらなければならなかった」というサン=シモンの伝記の一節をベンヤミンは書き写しています。

サン=シモンは一八二五年五月に没しました。彼の最後のことばは、「これでもうこっちのものだ」でした。サン=シモンは社会主義の来るべき時代を確信して没した、幸福な空想社会主義者でした。

◆フーリエ論

理想家は本が出されたその日から協働体の実現を見る

十九世紀ドイツの小説家ジャン・パウルのことば、「彼は人間の魂のなかで震えるあらゆる繊維のうち、そのどれひとつも断ち切らず、それらすべての響きを調和させた」とは、見事なまでに十九世紀フランスの社会主義者、シャルル・フーリエに当てはまり、このことばが全面的に当てはまるのは、彼だけだと思われます。このことば以上に、協働生活体《ファランステール》の哲学を特徴づけるものは見当たりません。

一八〇三年か一八〇四年ごろ、商店員、彼の言い草によれば、番頭の職にあったフーリエは、パリに居て、彼に約束された地位を四ヶ月間、待つことを余儀なくされました。彼はその時間を何に使うか自問して、すべての人々を幸せにする手段の探求に充てました。彼は確かな結果にたどり着けると信じてそうしたのではなく、単に、知的な遊びとして行いました。

フーリエの著作を読むと、彼は著作が出版されたその年から、彼の理論が実行に移されるのを要求していたのが判ります。彼は著作のなかで、一八二二年を、協働生活体の実験地域の設立の準備期としています。一八二三年にはこれが建設され、一八二四年には、文明人によるこの模倣が広く行われるはずでした。

偏屈な理想主義者の計画に過去の歴史の郷愁を読む

◎シャルル・フーリエ（一七七二―一八三七年）

フーリエが自らの革命のなかで嫌ったのは、恐怖政治だけではありません。同じく道徳主義も彼は嫌いました。彼は「調和した社会人の絶妙な分業」を平等とは異なるものとして、「熱心な競争」を友愛とは異なるものとして構想しました。いささか偏屈なユートピア主義者に、果たされなかった夢のかけらを見る、ベンヤミンの郷愁を込めた歴史への思いが伝わってきます。

◆マルクスについて

世の中の矛盾が限度に達すると敗者復活するという虹（マルクス）

資本主義社会では、働き手は自分のものであるはずの労働から、そしてその生産物からも、疎外されています。賃金労働者は、労働の対価の上前《うわまえ》（剰余価値）を、雇い手によって横取りされ、搾取されています。そのため資本家と労働者の階級闘争が激化して、やがては社会転覆が実現する、とマルクスは言います。

現状は社会主義には程遠く資本主義とは縁を切れない（ベンヤミン）

ベンヤミンは、カール・マルクスについて考察するなかで、こう本音を漏らしています。「私たち世代の経験。資本主義は、決して自然には死滅しないだろうということと。」

他方で、経済のフェティシズム、物を神のようにあがめる傾向について、ベンヤミンは書いています。商品に与えられる物神的な性格という特性は、商品生産社会それ自体にも備わっています。商品生産社会が自ら作り出し、自分の文化としていつも掲げるイメージは、幻影としての消費物といえます。

この経済のなかの幻影とは、どうして出来たのかが思い出せないような、消費物です。商品が魔術化するのは、労働が見えなくなると同時に、商品が呪物となるからです。

商品の夢を与える性格は搾取の跡を隠す幻想

ハイドンが弱音にフルートを重ねるように、消費物においては、生産の痕跡は忘れ去られるべきなのです。

交換する人間は消費物を作ったのではなく、その物のなかに含まれる労働を横取りしたのだという事実を露わにしないために、消費物には、そもそも作られたものではないかのような、見かけをもたせなければいけないからです。

マルクスが言いたいのは、労働者が賃金として受け取る額の購買力では、労働に見合った物を買えないということだとベンヤミンは語ります。

労働の搾取を隠す世の中の夢のしくみをマルクスで読む

そのことを覆い隠すために、つまり労働の対価を横取りされていることを忘れるために、人は物から生産の痕跡を消す、とベンヤミンは読みときます。

街並みや商品は、集団的な夢のかたちだと言いながら、消費社会の構造を、『資本論』から取り出してみせたのです。

◆ドーミエ論

滅びゆく十九世紀ブルジョワを風刺で描く画家の愛情

十九世紀フランスの風刺画家、オノレ・ドーミエについて、ベンヤミンは興味を持っていたようです。

風刺画は、ドーミエにとって一種の哲学的な操作となりましたが、その操作は、その人物を社会によって作られた像から引きはがし、彼が本質的にそうである姿、別の環境にあったならば、なっていたかもしれない姿として示すことでした。つまり、ドーミエは、隠された姿を引き出したのです。

風刺画の一種の脱・神話作用の操作が哲学的な域に達していることに、ベンヤミンは驚きを感じていました。

ドーミエぐらい、富裕層、中世の最後の名残り、頑強な生命を持つゴシックの廃墟、凡庸で奇矯な典型を、芸術家流のやり方で、知りかつ愛した者はいません。

◎ドーミエの風刺画「ガルガンチュア」（一八三一年、ルイ・フィリップの七月王政を風刺したもの）

ここでは、風刺画の話が、文明論にまで発展しています。滅びゆく十九世紀富裕層の姿を滑稽に描いてみせたドーミエは、古き文化を知り尽くし、愛していたとベンヤミンは強調します。ドーミエの風刺画が持つ幅の広さは大変なものですが、そこに恨みや嫌みは含まれていません。彼の作品自体が、誠実さや人のよさに支えられています。

ここでもパサージュ論が、文化論の顔を持つことがよくわかります。

◆文学史、ユゴー

革命の嵐を吹かせ文豪はインク壺から世直しをする

ベンヤミンは文豪と政治活動について、盛んに抜き書きしています。例えば、ビクトル・ユゴーの政治的な詩を紹介します。

「私は革命の風を吹き起こさせた。古い辞書に赤いふちなし帽をかぶせた。ことばにはもはや元老院議員もいない。平民もない。私はインク壺の底に嵐を起こしたのだ。」

また「本を読む人間が増えて行くということは、聖書でパンが増えたのと同じことだ。キリストがこの象徴を見出したとき、彼は印刷業とは何かを垣間見たのだ」というビクトル・ユゴーの卓越した喩えも抜き書きしています。

自らが労働者だと示すためデュマは仕事を数値化で誇る

あるいは、アレクサンドル・デュマについてベンヤミンは書いています。デュマが行った宣言は、何とも奇妙なものでした。そのうちのひとつは、パリの労働者に向けられたものでしたが、そこでデュマは自らの労働者としての資格を数え上げ、二十年の間に四百の小説と三十五の劇を創作し、そのおかげで校正係、印刷工から劇場の道具方、座席案内嬢、さくらの親分に至るまで、八千百六十人を食べさせたことを、数字を挙げて説明していました。

文豪の記憶は挫折を前にした夢の予感が生み出す星座

また、バルザックの「思い出はただ未来を予見するためだけに価値を持つ。それゆえに、歴史は科学の一分野をなすのであり、歴史を適応することで、絶えずその有用性が確かめられるのである」ということばを引用しています。思い出は未来を予見する価値を持つという見方は、ベンヤミンがなぜ十九世紀フランスの群像を追いかけたかについて、ヒントを与えてくれます。文学者で階級社会の転覆を夢見たベンヤミンは、牧歌的な十九世紀の文学と政治の関わりを、挫折を約束された、夢の断片の星座として、収集していました。

◆複製技術、リトグラフ

有りし日の石版画家は複製で政治変化の場を用意した

初期のリトグラフ（石版画）画家についての社会哲学と題してこう書いています。

「ナポレオン伝説を描いた職人たちのあと、ロマン派の文学好きの石版画家たちに続いて、フランスの日々の生活を記録する者たちが登場しました。最初の人々は、自分でも知らないうちに、政治的変動を準備して、その次の人々は、文学の発展を急がせ、最後の人々は、民衆と貴族階級の間に深い溝を作りました。」

ここでベンヤミンは、複製芸術と政治的な変化は無縁ではないことを強調しました。「のちの写真の場合と同様、初期のリトグラフにおいても、愛好家の果たした重要な役わりが認められる」とも言っています。趣味人の芸術や、作品収集家という存在にベンヤミンはここでも着目しています。

木版の分業による制作は複製時代の現代へ至る

また一八三五年から一八四五年当時、木版画は大いに活況を呈するようになったので、急速に工場規模で大量生産されるようになったことは、見過ごせない事実です。一つの作品を作るのに、ある版画家が顔や体だけを描き、弟子たちが小道具や背景を描きました。こうした分業にあっては、作品の統一性などが現れるはずもありませんでした。

スタジオやプロダクションによる分業作品の始まりをここに見ることができます。また、カール・マルクスのパンフレットのいくつかには石版印刷されたものがあることを指摘して、ベンヤミンは、この項目を終えています。マルクスは、複製芸術に反対ではなく、むしろ宣伝のために自ら用いたことが、ここで示されています。

◆セーヌ河、最古のパリ

公園に面するパリの住民は夜中に鍵を開け散歩する

一八三〇年頃、この界隈には、多くの庭園がありました。ビクトル・ユゴーは、小説に、それらの描写を残しています。リュクサンブール公園は、今日よりずっと大きく、家々に直接面していたので、家の持ち主たちは、それぞれ公園の入り口の鍵を持っていて、その気になれば夜通し園内を散歩することができました。

古きよきパリの記憶を追体験することは、失われた時を求めて、過去の断片を復元するという、ベンヤミンの収集癖のなせる業でした。

一八三三年にランプをガス灯に切り替えたセーヌ県知事は、サン＝ドニとボンヌ・ヌーヴェルに並木を植えさせました。というのも元からあった美しい並木は一八三〇年のバリケードに使われてしまったからです。

古きよきパリ庭園を描写して夢を見ながら過去を漂う

セーヌ河は、河口までパリの空気を吐き続けているとも書いています。

また、「庭園がある。それは何平方シューで計られる位、狭いものである。だがこの庭園は木陰で読書に耽ることができる場所を提供してくれる。だが、何と言っても素晴らしいのは、サン・ジョルジュ広場である。そこでは田園の趣きと、都会の趣きが手を取り合っている。この広場を取り巻く建物は表側が都会的で、その裏側は田園ふうなのである」と書き記しています。

あるいは「目抜き通りから出て、ルージュモン通りをセーヌ河のほうへ下りたまえ。国立銀行の建物が、よく目立つ窪地の底をふさいでいるのが見えるだろう。君はセーヌ河の太古の河床に入ったのだ」などのメモを残すことで、ベンヤミンは歴史の遊歩者として、十九世紀のパリの夢の形象を散策する追体験を味わっていました。

◆閑《ひま》の特徴について

無作為に目的もなく過ごすのは世の圧力と遠い旅人

会話をすること、ものを知ること。これこそが、プラトンにとって、私生活の幸福をなすものでした。誰もが職業に従事するようになってからは、この種の物知りや愛好家は、フランスではほとんど見られなくなりました。

市民社会にあって、怠惰は、マルクスのことばを借りれば「英雄的」であることを辞めてしまいました。

これに反して、マルクスは、英雄的な怠惰に対する勤勉の勝利と言っています。いたような長所が、ボードレールは、粋な人物の姿に関して、かつて閑つぶしが持っていたような長所が、無為、つまりぶらぶらしていることにあると認めようとしています。瞑想的生活が、無為の生活に取って代わられたのです。

経験とは労働の実りであり、体験とは無為に日々を送る者のファンタスマゴリー（夢まぼろし）であるとベンヤミンは書いています。体験にとって、目指すものは、同じままに留まってはいません。十九世紀において、それは冒険でした。つまり十九世紀のパサージュの無為な遊歩者は、冒険者でもあったのです。

ベンヤミンの時代には、体験は、「運命」として登場します。この運命のうちには、全体的体験が含まれていますが、それは死と繋がっていて、その最たるものが戦争です。ベンヤミンは偶然と戯れて生きる十九世紀の遊歩者と、全体主義に生きる戦争中の若者を対比的に論じています。

パサージュは集団的な無意識の夢のかたちと触れる原郷

無為に過ごす者は、遊歩者としてあらゆる所に顔を出し、賭博家として有能で、探求者として賢者だと言えます。無目的に過ごすこと、無為という暮らしぶりは、遊歩者が夢と戯れ、趣味に耽る自由を創り出します。知的な遊牧民は精神において自由であるとベンヤミンは結びます。
ベンヤミンのパサージュ論は、十九世紀の遊歩者が出会う多様で奇妙な夢の形象を、モザイクとして収集し、復元した未完の大作でした。そして遊歩街、パサージュとは、人が集団的な無意識の産物である、夢の形象と気紛れに触れる消費社会の原郷としての、束の間のエデンの園だったのです。

◎「歴史哲学テーゼ」（ベンヤミン著作集1より）

この「歴史哲学テーゼ」という小論は、一九四〇年に書かれた、ベンヤミンの遺稿です。彼はこれを書き上げた後、ナチスに占領されたフランスを脱出して、国境を超えてスペイン経由でポルトガルに渡り、そこからアメリカに亡命しようと考えていました。

ただ前に進歩してゆく道を捨て過去の夢から希望を探せ

「歴史哲学テーゼ」は、チェスを差すからくり人形の喩えから始まっています。このからくり人形の座るテーブルの下には、小柄な体型の大人のチェスの名手が隠れていて、紐で人形の手を操っていたのでした。これと同じことを、マルクスの歴史的唯物論は行っている、とベンヤミンは言っています。マルクス主義の歴史唯物論は、ほんとうはみすぼらしいのに、詐術を使って必ず勝つことになっています。歴史は段階的に進歩すると彼らは言いますが、それは詐術ではないでしょうか。

人は過去の時代の人々の期待を荷なって、地上に生まれてきました。ひとは、かすかながらも、過去を救済する能力を持っています。

平等な歴史家は、過去に起こったことすべては、何一つ無意味なことはないことを知っています。人類は解放されて初めて、過去のあらゆる時点を引用できるようになります。その日こそ、最期の審判の日だと言えます。

過去を歴史に関連づけることは、もとのとおりに知ることではありません。危機の瞬間によぎる過去のイメージをとらえることです。過去の事物に希望の花火をかきたてることができるのは、敵が勝てば、過去の死者も浮かばれないことを知っている、歴史記述者に他なりません。

廃墟から過去を救える新しい天使の羽根は風に吹かれる

「新しい天使」というクレーの絵には、ひとりの天使が描かれていて、天使は彼が見つめているものから遠ざかろうとしています。目は見ひらかれ、口は開き、翼は広げられています。歴史の天使は、このような様子に違いありません。彼は顔を過去に向けています。歴史の惨事は、廃墟の上に廃墟を積み重ねています。天使は死者たちを目覚めさせ、過去の破片を復元したいのですが、強風が天使を無理やり未来へ運んでいきます。進歩とは、この強風を意味しています。

審判が下されるとき進歩する歴史は止まり過去が息づく

歴史の連続を断ち切る意識は、革命家に特有のものです。過去の大革命はそのたびに新しい暦を導入しました。フランスの七月革命では、パリのいくつかの場所で、同時に、互いに独立して、塔の時計が射撃される事件が起きました。彼らは歴史の進行に介入しようとしたのです。

革命家は、抑圧された過去を解放する歴史的なチャンスの合図を察するのです。歴史から救い出されたものは、滋養のある果実であって、味わいは深いが余分なものを持たない核として、時間を宿しているのです。

事後的に記憶の意味は見出され歴史を救う瞬間を照らす

ある事件が歴史的事実となったのは、いわば死後、そのあとに起きた事件の数々との関連においてです。そのため歴史家は、彼の同時代が過去の一時代と出会う局面をとらえます。こうして、救いのかけらが見出される「今」の意味をつかみ取ります。

かつて預言者たちは、時が秘めているものたちの声を聞きました。これは、私たちが回想のなかで過去の時間を経験するのと、同種の経験です。未来のあらゆる瞬間は、そこを通って歴史の過去の救済が実現する、小さな門であるはずです。

ファシズムの脅威の果ての死の床で脳裏に浮かぶ革命の夢

一九四〇年にこの「歴史哲学テーゼ」を書き上げたあと、アメリカへ亡命する旅程の途中、ベンヤミンは、スペインのポル＝ボウの町で、同行の亡命者とともにスペイン警察に拘留され、フランスへ強制送還すると脅されました。ベンヤミンは亡命を断念し、モルヒネを大量に飲んで自殺を図りました。翌朝、彼はまだ生きていましたが、胃を洗浄することを頑なに拒んで、死に至りました。陶酔のうちに彼岸に向かうという彼の最期は、ベンヤミンらしいとも受け取れます。

彼の遺稿である「歴史哲学テーゼ」は、没後、フランクフルトの社会研究所へ届けられました。この遺稿は、未完の「パサージュ論」の理念を歴史哲学に応用した試みと言えます。それは、歴史の瓦礫のなかから、忘れられた夢を救い出すことを目指して書かれています。

幼年やエデンの園の幸せを復元させて歴史を救う

忘れられた幼年時代や人類のエデンの時代の幸福な夢を、その断片のモザイク配置で復元することを、ベンヤミンのすべての論考は切望しています。その前人未到の文化哲学は、戦争や有形無形の権力への、群衆の抵抗の道を探し求めるとともに、文学や絵画や映画、演劇や大衆芸術を含む、複製時代の想像力が生み出す多様な表現を読みとく、深遠な手順を、私たちに示しています。

あとがき

この本で、ヴァルター・ベンヤミンの著作の真意と、ファシズムに抗して自らの夢を復元しようとする、彼の時代への抵抗の軌跡を、短歌とともに読者とたどることができた。

今までこのシリーズで、心の宇宙とでもいうものを探ってきたが、今回の本で、また本格的な哲学の世界へ回帰することができた。

これまで、状況と呼応する生き方をそのまま綴った、政治・経済に踏み込んだ思想家に取り組む機会が少なかったが、状況と緊密にかかわる、ベンヤミンの文化哲学は、私の目を幾度も開かせてくれた。

ベンヤミン・コレクションを熱心に読んでいた頃は、内容がテーマ別に編まれていたので、その生涯の思索の旅の足取りを、全体を通して見渡すことができずにいた。けれども、晶文社のベンヤミン著作集を入手し、それを概ね年代順に並べて、初期から晩年まで読み直すことで、彼の思考が深化してゆく感覚を、共有することができた。

その順番で、ベンヤミンの著書の言おうとすることを、短歌でまとめながら説明を書いてゆく悦びは、何にも代えがたい時間だった。

この本文が大方書き上がった頃には、まだ、独裁者による世界規模の戦争は、勃発していなかった。けれども、その後の経緯を踏まえると、ベンヤミンがファシズムや全体主義と彼独自の方法で戦い、群衆の抵抗に期待を掛けたことの重みが、痛切に感じられる。

文化哲学・芸術批評を主眼として本書を書いてきたが、読み返してみると、その生涯がナチス・ドイツのファシズムへの抵抗にかけられていることに、改めて心打たれる。

本書でベンヤミンの扱ったすべての話題を網羅することは、当然ながら叶わなかった。若い頃のワンダーフォーゲルと結びついた青年運動についても、踏み込んで触れることができなかった。あるいは、ブレヒトの演劇の異化作用への彼の期待には、触れる機会がなかった。また左派文化人としてのベンヤミンを正当に評価することは、私の資質からいって、かなり難しかった。

それでも、左派文化人であったベンヤミンの文化哲学的な方面での無尽蔵と言える思索の数々を、二十一世紀に読書人に再考してもらう意義は、感じ取って頂けると思う。

本書のマルクス理解を支えるものとして、特に、ジャック・アタリの『世界精神マルクス』という大著を挙げておきたい。

単独では理解することが難しかった、マルクスの『資本論』の核心と言える部分を、ジャック・アタリは時系列を追って、丁寧に開示してくれた。

ベンヤミンの著作に通底しているのは、ベルリンの幼年時代の幸福な時間を、生涯をかけて復元しようとする、プルースト的な希望であった。それが、楽園言語を取り戻そうとすることば論や、ロマン派文学、ゲーテの作品、ドイツ悲劇を読むときも、失われた希望を救い出すという形で貫かれていた。このことは、ライフワークの『パサージュ論』や「歴史哲学テーゼ」でも、形を変えて息づいている。

文化論であるとともに、幼少期の夢の復元の営為だったベンヤミンの哲学を、このような形で提示することは、幸甚である。

本書を書くにあたっては、ベンヤミンの多くの翻訳書に基づいている。ベンヤミンの原典の翻訳をした方々には、心から敬意と感謝の意を表したい。

またいくつかのベンヤミンの参考文献から、学ぶところが多かった。これらの参考文献の執筆者の方々にもお礼を申し上げたい、

そして、本書を書くにあたっては、哲学者の故・宇波彰先生から教えて頂いたベンヤミンについての切り口や知見の数々が大きな助けとなっている。

宇波先生は、ベンヤミンについての考えを著書としてまとめることを、晩年願って止まなかった。

その仕事を、私が短歌を交えて、拙いながらも形にできたことを、故・宇波先生に報告申し上げたい。

最後に、ベンヤミンの政治的な立ち位置について、貴重な助言を頂いた石塚純一さん、田畑書店社長の大槻慎二さん、同編集部の今須慎治さん、その他の方々に謝意を表したい。

山口拓夢

参考文献

ベンヤミンの著作

『ベルリンの幼年時代 ヴァルター・ベンヤミン著作集12』小寺昭次郎訳（晶文社 1971）
『言語と社会 ヴァルター・ベンヤミン著作集3』佐藤康彦訳（晶文社 1981）
『ドイツ・ロマン主義 ヴァルター・ベンヤミン著作集4』大峯顕、佐藤康彦、高木久雄訳（晶文社 1970）
『ゲーテ 親和力 ヴァルター・ベンヤミン著作集5』高木久雄訳（晶文社 1972）
『ドイツ悲劇の根源』川村二郎、三城満禧訳（法政大学出版局 1975）
『暴力批判論 ヴァルター・ベンヤミン著作集1』野村修、高原宏平訳（晶文社 1969）
『一方通交路 ヴァルター・ベンヤミン著作集10』山本雅昭、幅健志訳（晶文社 1979）
『複製技術時代の芸術 ヴァルター・ベンヤミン著作集2』高木久雄、高原宏平、田窪清秀、野村修、好村富士彦訳（晶文社 1970）
『シュルレアリスム ヴァルター・ベンヤミン著作集8』針生一郎、野村修訳（晶文社 1981）
『文学の危機 ヴァルター・ベンヤミン著作集7』高木久雄、佐藤康彦訳（晶文社 1969）
『パサージュ論 第1巻』今村仁司、三島憲一ほか訳（岩波書店 2003）
『パサージュ論 第2巻』今村仁司、三島憲一ほか訳（岩波書店 2003）
『パサージュ論 第3巻』今村仁司、三島憲一ほか訳（岩波書店 2003）
『パサージュ論 第4巻』今村仁司、三島憲一ほか訳（岩波書店 2003）
『パサージュ論 第5巻』今村仁司、三島憲一ほか訳（岩波書店 2003）
Ausgewählte Werke Ⅰ～Ⅴ Walter Benjamin WBG Wissen Verbindet Berlin 2015

その他参考文献

『ベンヤミン 破壊・収集・記憶』三島憲一著（講談社 1998）
『ベンヤミンの言語哲学 翻訳としての言語、想起からの歴史』柿木伸之著（平凡社 2014）
『ベンヤミンの〈問い〉「目覚め」の歴史哲学』今村仁司著（講談社 1995）
『ヴァルター・ベンヤミン 近代の星座』高橋順一著（講談社 1991）
『ベンヤミン「複製技術時代の芸術作品」精読』多木浩二著（岩波書店 2000）
『世界精神マルクス 1818―1883』ジャック・アタリ著 的場昭弘訳（藤原書店 2014）

山口拓夢（やまぐち　たくむ）

1966年、東京生まれ。学習院大学大学院人文科学研究科博士課程満期退学。札幌大学女子短期大学部教授。専攻は西洋哲学・神話学。哲学やギリシア神話のみならず、心理学、人類学、宗教学など文系分野全般に関心を抱き、その深い知識を基に数々の文章を発表している。またクラシック音楽への造詣も深く、CDを聴いた途端にその曲名はいわずもがな、演奏者まで言い当てるという特技をもつ。主な著書に『短歌で読む哲学史』『短歌で読むユング』『短歌で読む宗教学』（以上、田畑書店）。訳書・共著書に、チャールズ・シーガル『ディオニュソスの詩学』（国文社）、アーサー・コッテル『世界神話辞典』（共訳、柏書房）、『宗教への問い　第5巻　宗教の闇』（共著、岩波書店）などがある。

田畑書店

短歌で読むベンヤミン

2023年2月28日　印刷
2023年3月 1日　発行
著者　山口拓夢《やまぐちたくむ》
発行人　大槻慎二
発行所　株式会社 田畑書店
〒102-0074　東京都千代田区九段南3-2-2　森ビル5階
tel 03-6272-5718　fax 03-3261-2263
装幀・本文組版　田畑書店デザイン室
印刷・製本　モリモト印刷株式会社

Printed in Japan
ISBN978-4-8038-0409-6 C0095
定価はカバーに表示してあります
落丁・乱丁本はお取り替えいたします

短歌で読む哲学史

山口拓夢

短歌で哲学を詠む？　その破天荒な試みがもたらした絶大な効果！……本書は高校生から読める「哲学史」を目指して書き下ろされた。古代ギリシアのタレスからアリストテレスまで、また中世神学、カント、ヘーゲルからドゥルーズ＝ガタリまで、一気に読ませると同時に、学説の丁寧な解説により哲学の醍醐味を十分に味わうことができる。そして本書の最大の魅力は、短歌の抒情性と簡潔性が複雑な西欧哲学の本質に見事に迫り、そのエッセンスを摑んでいること。本書に触れた読者はおそらく、まるで哲学の大海原に漕ぎ出す船に乗ったかのような知的興奮と醍醐味を堪能するにちがいない。

短歌で読むユング

山口拓夢

フロイトと並んで20世紀心理学を牽引したユング。本書は、ユングが試行錯誤をくり返し、無意識の世界を汲み上げる方法を切り開いていったプロセスに迫る。『ユング自伝』から代表的な著作となる『元型論』。世にも珍しい『赤の書』からユング心理学の総決算となる『アイオーン』まで。前作『短歌で読む哲学史』に続いて、ユングの生涯にわたる著作をほぼ時系列に取り上げながら、難解だとされるユングの学説を《短歌》にまとめることでポイントを押さえ、読み進めると知らず知らずのうちにユング通になる、唯一無二、画期的なユング心理学入門書！

定価：本体1500円＋税

田畑ブックレット

短歌で読む宗教学

山口拓夢

20 世紀最大の宗教学者、エリアーデ。そのエリアーデの代表作を要点を短歌でまとめながら、ほぼ年代順を追って紹介したのが本書である。「大きな木を見て、只ならぬ気配を感じる。神社やお寺で手を合わせる。空の高みに神々しいものを感じる。この本は、そのような誰でも持っている宗教性に光を当てています。」（「はじめに」より）また、太古からの人間の本性に根付いた"宗教心"を探っていくと、そこには人種や民族を越えたある普遍性をもった「物語の元型」が見られる。その意味で本書は、フィクションを創造しようとするすべての人々にとっては「発想の宝庫」ともいえよう。

定価：本体 1500 円＋税

田畑ブックレット